嫁の遺言

加藤　元

JN049252

集英社文庫

目次

嫁の遺言

嫁の遺言

最初にそれが起きたんは、朝の満員電車の中でした。

梅雨時で、前の晩がえらいこと蒸し暑かったんです。今年に入ってからの最高気温で、真夏並みの熱帯夜やったと、テレビのニュース番組で言うてたくらいやから、よう眠れへんかったせいもあるんやろか。連日、仕事も残業続きやったんで、疲れもたまっとったんでしょう。起きてから何十分も経ってるのに眼も覚めきらんと、ぼうっとしてたんは確かです。

狭い車内に人間がびっしり詰まって、身動きもままならへんし、息も苦しい。ラッシュはかないませんわ。そうは言うても、この電車に乗らんことには仕事場に辿《たど》り着けんわけですから、ここは辛抱するしかない。眼を閉じてじいっとしてたら、N駅に着いて、大勢の人が電車からどっと流れ出しました。Nはオフィス街ですから、いつもまとまった数の人間が降りるんです。ここは僕の会社の最寄駅やないんですが、Nではいつもプラットホームにいったん降りるより仕様がない。そうして人波に流されながら、後ろから強く押された拍子に、提げてた鞄《かばん》が僕の手から離れかけました。

はっとした瞬間、誰かが鞄を手に戻してくれたんです。一瞬だけでしたが、相手の手が僕の手に触れました。ほんの一瞬、僕の手の外側を包み込むように握ってから、その手はすっと離れたんです。

冷たい手でした。

死んだ嫁の手や。咄嗟《とっさ》にそう思いました。

生きてるとき、なにか物を取り落としかけたり、ポケットに入れたはずの物が見当たらなかったりで、僕がまごついていると、嫁はそうやって手を出して助けてくれたもんやったから。

途端に、眼がばっちり開きました。あの感触はもう消えた。姿も見えない。僕は慌てて鞄を持ち直しました。と同時に、どこにおるんかわからんまま、もう一方の手を伸ばしてそいつを捕まえようとしていました。そして、手の先に触れたものを思いっきり握り締めたんです。

「なにさらすねん、お前」

突然、知らんおっさんに一喝されました。そう、僕が握ったんは、このおっさんの尻《しり》やったんです。そら、いきなり尻を摑《つか》まれたら、その反応は当然ですわな。

「気色悪い」

おっさんは、続けてそう言いました。

ホモの痴漢と間違えたんか。図々しいおっさんや。お前にそんな魅力あるかい。

しかし悪いのは僕ですから、言い返せませんわ。曖昧に笑って頭を下げておきました。

それがさらにまずかったんでしょう。

おっさんは、その後もずっと、さも不気味そうに、僕から躰《からだ》を離すようにしていました。


気のせいやったんか。

そら、一度はそう思いましたわ。

けど、それが一度きりやなかったんです。

二度目の出来事は、取引先の会社の、エレベーターの中で起きました。向こうの人間に会って話して、用件が終わって帰りかけたんが、ちょうど昼どきやったんです。昼飯の時間ですから、外へ出ようとする社員たちで、エレベーターはすし詰めです。もうひとり乗ったら重量オーバーのブザーが鳴り出そうか、という状態でした。間の悪いことに、そこへひとりのＯＬがばたばたと駆け込んで来て、でかい図体を無理矢理ねじ込みよったもんやから、案の定ビーッや。

それなのに、この女、あらあ、言うたきり、どこうとせんのです。誰かが降りろ、注意したったらええもんや、思うけど、誰も言わへん。きっとお局《つぼね》さんなんでしょうな。早《は》よ降りんかい、お蔭《かげ》でエレベーターが動かへんやんか。胆《はら》で悪態を吐《つ》きながらも、他所《よそ》さんの会社やし、僕は奥におったんで、黙ってました。やがてそのねえちゃん、いうよりおばはんが甲高い声を出しました。

「あ、譲ってくれはるの、お兄さん。ええのんか、ごめんねえ」

そう言うた直後、扉が閉まって、エレベーターはようやく下降し始めました。結局、誰かが場所を譲って降りる破目になったんでしょう。見た目ばかりで無《の》うて、中身までぶっとい女やな。思うたときです。耳もとで、誰かがくすりと笑うた声を聞いたんです。

誰か、やない。嫁の声やった。

こら本物や、思うたんは、僕がエレベーターの奥の隅っこにおったからです。笑い声がしたんは、壁の側からでした。それで間違いないと思ったんです。

間違いない。嫁が来たんやと思いました。

嫁が死んだんは、その年の春先でした。

もう、その時分には四十九日の法要もとうに済ましてましたけど、悲しいとか寂しいとか、そんな感情は、普段は底の方に沈んでいる塊みたいなもんでした。そいつが突然襲って来るのを、日々の仕事や日常生活に紛らわしてやり過ごしている。ときには捕まったりする。そうなると厄介なんで、僕はなるべく自分の頭の中身は覗《のぞ》かんようにしてました。

眼の前に来た物事だけに注意を向けておればええんです。僕としては、それしか対処のしようがなかった。朝が来たら起きて会社に行くし、道を歩けば赤信号で止まって青信号で動く。腹が空《す》けば食い物を食うし、なにか言われたらそれに応える。夜になれば寝る。毎日毎日、それをひたすら繰り返していました。

はじめはうちのお袋なんかも心配して様子を見に来たり、家に泊まり込んだりしてくれてたんですが、きりがないですし、気詰まりやからって、やめさせたんです。もともと、僕は大学時分はひとり暮らしでしたし、就職してからも東京の支社におった時期が長かったもんやから、ひとりで住むんは慣れてるんですよ。子供がおる家庭やったら、そうも言うてはおられんのやろけど、僕のところは夫婦二人だけやったから、そういう部分で不自由はなかったんです。

ひとりになって心細がるんは、むしろ嫁の方でしょう。あいつはずっと親元に住んでいて、結婚してはじめて家を出たんやから。料理だって洗濯だって掃除だって、たいがいは僕の方が器用やったし、要領もよかったと思います。まあ、文句言うと何十倍も言い返されるから、それは言わんようにしてましたが。

通夜でも葬式でも、喪主ってのは何にもすることがないんです。みんなが忙しそうにしてるのを、ぼんやり座って見ているだけでした。

嫁を亡くしたというんで、周囲中《まわり》が気を配ってくれる。そらもう、過剰なくらいです。下にも置かぬ、って待遇なんですわ。そうなるとこっちは居心地悪いというか、手持ち無沙汰みたいな感じになってしもうて、かえって自分自身の感情に浸れないんです。泣こうにも泣けない。泣きたくはなかったんで、それはええんですよ。会社の連中とか、あんまり親しくない仕事関係の弔問客のおる前で、わんわん泣くのは厭《いや》やないですか。けど、お棺に入っている嫁を見てると、死んでるなあ、と当たり前なことを思ったりして、なにが何やらわからんうちに押し寄せて来る波があるんです。するとそこへ、向こうのお義母《かあ》はんの声がする。

「ちっともやつれてへんやないの、まだこんなに綺麗《きれい》なのになあ」

そう言うて、お義母はんは号泣です。そしたら僕、泣けませんわ。

座ってみんなに頭下げながら、何でこんなことになったんやろ、って、またもやあかんようになりかける。と、今度はうちのお袋が泣き出す。

「まだ若過ぎるやないの」

僕の方は涙が止まりました。

「あんたは早死にするような子やなかったやんか」

嫁の友だちの泣く声が聞こえて来る。そんで、いよいよ泣けないわけや。彼女らのお蔭で、体面的には救われたといえるかもわかりません。

けど、さすがに出棺の前の、喪主の挨拶のときはもうあきまへんでした。

「本日は」

そう言いかけただけで咽喉《のど》が詰まって、言葉が出んようになったんです。そうしたらその途端、斎場中が総崩れや。そうなるとおかしなもんで、こっちは泣いた気がせえへんのです。涙は出とるけど、どうして俺は泣いてるんやろか。自分でもようわからんのですわ。嫁が死んで悲しい、なんてはっきりした思いで涙が出るんやないんです。

塊だけです。ただ塊だけがブアーっと上がって来よった。

火葬にしたら、嫁の遺骨は少なくて。若いのにこんなに骨が残らんのは珍しいと言われました。最後の入院からは早かったけど、それまでも躰の調子はあんまりようなくて、ずっと薬は飲んでましたしね。終わりのころはかなり強い薬を使ってたから、骨がもろくなってしまってたんかもしれません。

癌《がん》でした。どう考えたって、三十八はまだまだ若かったです。

嫁の幽霊？

幽霊いうにはいささか頼りないような出来事やったけど、その話は誰にもしませんでした。

ああ可哀想《かわいそう》に、嫁はん亡くしてアタマに来よったんや。そう言われるんは、眼に見えてましたからね。

正直、自分でもそれを疑わんことはなかったんです。

俺、おかしゅうなってるんかな。嫁が化けて出て来たとしても、まるで怖《こわ》いことはない。何で来たんやろか。考えつくのは、まあ、迎えに来た、いうことですよね。ひとりで死んで、寂しいんで、あいつ、俺を取り殺しに来たんやろか。それでもええと思うたんやから、僕も結構アタマに来てたんやね、やっぱり。

来るなら来い、いう気になって、覚悟して待ったんです。

夜、寝床に入ってからは、特に神経を尖《とが》らせました。俗に、幽霊は丑三《うしみ》つどきに現れる、っていうんやから、寝ている間に出て来てもよさそうなもんや。が、嫁は出て来んのです。まあ、神経の緊張も長時間は保《も》たへんもんやからね。丑三つどきには、僕がすっかり熟睡してて起きんかった。そういう可能性もあります。けど、そんなら意地でも起こせ、っちゅうんですよ。あいつ、幽霊なんやから。

夜は出ないで、朝とか昼とかに来よる。話が逆やないか。

出て来るんが、僕が大勢のなかにおるときだけ、というのも不思議でした。幽霊いうたら、普通、ひとりでおるときに化けて出るもんですよね。うらめしや、って。いや、恨まれても困るけど。

住み慣れた家の中の方が、出て来やすいように思うのに、出たんは電車とかエレベーターとか、家の外やった。何でなんかな。幽霊の都合ってのはようわかりませんね。特に嫁は、ちょっと変わったところのある女やったから。

考えてみれば、化けて出るようなしおらしさはあんまりない女やったんです。ようい うでしょう、嫉妬《やきもち》焼きの嫁はんが勝手に亭主の手帳を盗み見するだの、携帯電話のアドレス帳やら着信やメールの履歴やらをチェックするだの。うちの嫁はまったくそういうことはしませんでした。別に交際が長かったから、というわけやないですよ。つき合い出した最初のときからそうやった。

しばらくは、僕が東京におって、あいつは大阪。遠距離で交際してたんですが、電話もかけるときにはかけるけど、かけんときには全然かけんし。連絡がつかなくても、あんた、先週はなにしてたんや、てなことは、あんまり気にせんみたいでした。

なにしろ、嫁と来たら、会えば自分の話ばっかりしてましたからね。先週は誰々ちゃんとどこそこ行ったわ、楽しかった。でも混んでて往生したわ。いつでもそんな風に言うだけで、後は涼しい顔をしてるんです。そうかそうか、楽しかったんか。そら結構や。けど少しは俺の浮気も警戒せんかい、と、逆に突っ込みたくなるくらい、そういう詮索《せんさく》はせん女やったんですよ。まあ、僕はそんなにもてる方やないですからね。それで油断してるのか、というと、そうではないらしいです。あいつに言わせると、それがプライドなんだっていうんです。

「赤眼吊《あかめっ》って男の行動を嗅《か》ぎまわるなんて、女としてみっともない話やんか」

そんなことを言うてました。性分というか、見栄っ張りやったんでしょう。

見栄といえば、大抵の女が好きなこと、クリスマスだの誕生日だの、それもあんまり言わん方でした。そういう日に会《お》うてはいるんですが、雰囲気のいい高級な店に行くとか、洒落《しゃれ》たホテルに泊まるとか、その手のことはしたがらないんです。

「わたしとあんたでそんなんしても、気色悪いだけや」

言うて。僕もそんなんは苦手ですから、ありがたかったんですけど。

僕がまだ東京におったころ、嫁が大阪から遊びに来ても、おかしな場所ばかりでデートしてました。

「どこへ行きたい」

訊《き》くと、嫁が答えるんです。

「××球場」

「あ?」

嫁はえらい野球好きなんです。

「ちょうどそっちで試合があるんや。当日券あるかどうかわからんから、あんた、先にチケット取っておいてくれる?」

「……ええけど」

「あんた、行きたくないんか？」

「そういうわけやないけど、たまにしか来んのやから」

せめてディズニーランドくらい言わんかい、そう言うてやったんですけどね。すぐさま言い返されました。

「だってあんた、遊園地は苦手やろ。ジェットコースター乗ったら腰抜かすし、回転系は気持ち悪なってゲロ吐くやん」

確かに、嫁の前でそんなことをやらかしてしまったこともあったから、もう何も反論できません。

で、せっかく東京に来とっても、野球の試合観て風船なんか飛ばしとる。そら、野球は僕も好きな方ですけど、それやったら地元でやっとればええ話やんか。

どこかに出かけて飯を食う、いうても、嫁には変なこだわりがありました。テレビや雑誌で紹介された評判の店なんか、一回も行ったことがない。

「そんな店、いけ好かん。ぜったい調子こいとるわ。ほんまにうまいかどうかもわからんし」

それはその通りで、でも、たまには僕だってそういう店のひとつに行ってみたいと思うこともありましたから、説得を試みたときもありました。

「けど、実際うまいかもしれんやろ。いっぺんは行ってみてもええやん」

「テレビに出てた雑誌に載っとった、いう店に飛びつくのって、足もとを見透かされるようで厭やわ」

　誰にや、ちゅうねん。そう突っ込む前に嫁が言いました。

「それに、どうせ混んでるやろ。わたし、行列すんの嫌いやもん」

　つまり、もうどう言うても無駄なんですよ。何に対して突っ張ってるのか、それはようわからんけど、流行《はやり》に乗らないというのも、嫁のプライドやったんでしょう。

で、気付いたら無難なラーメン屋かうどん屋のチェーン店ばっかり入ってる。結婚後ならともかく、結婚前からずっとなんです。今でも不思議に思いますわ。あいつ、あんなに色気がないデートで、ほんまに満足しとったんかな。

　新婚旅行だって、国内ですからね。嫁は、海外は厭だって言うんです。

「飛行機は嫌いやし、わたしもあんたも英語は駄目やろ。どこへ行っても大恥かくわ。日本にしとこ。その方が間違いない」

　それが、嫁の言いぶんです。

「別に英語を使わん国やってあるやんか」

　そう言うたら、またもや即座に反撃されました。

「だったらよけいにあかんやない」

なるほど、まあ、その通りなんやけどね。

結婚したのは、つき合って六年目でした。交際期間としては結構な長さでしたし、お互いに適齢期、いう年ごろも過ぎてたし、気心も知れてたし、理由いうたらそれだけで一緒になったんです。嫁は妙に意固地なところがある女やし、若くもなくことさら別嬪《べっぴん》いうわけでもないから、ここは俺が結婚してやらな、今後も大した男には巡り会えんやろな、そう思って観念したところもあります。向こうは向こうで、あんな締まらんおっさん、わたしが引き取ってやらんと一生独身に決まっとるから、言うてたみたいですが。で、結婚三年目に嫁の病気がわかって、それからたった一年半で死によった。考えてみたら、結婚してからの方が短いんですよ。何か、ほんまにあっという間でした。看病疲れする暇もなかった。

子供ができなかったんは、嫁の病気に関わってて、それはすまない、ごめんなさい、ってね。気にしてたみたいですが、深刻には言いませんでした。それを言うても仕様がないですもんね。

死ぬ前の入院のときも、最初のうちは、まさかもうあかんとは思っていなかったでしょう。僕ら身内の人間は、早い時期に医者からそれを聞いて、もう心の準備はしておったんですが、当人には知らせんでおきました。だから嫁は気軽にこう言うんですわ。

「もしわたしが死んだら、あんた、どうする気や」

なんてね。

「すぐに再婚しはるのん」

まるで落語みたいなことを訊きよる。そんなん言われたら、冗談で返すしかないですわなあ。

「そうするわ。若くて美人で乳が大きい、それでいておとなしい。そんな嫁をもろたる。みんな、羨ましがるやろな」

「阿呆《あほ》らし」

嫁は鼻で笑いよった。

「あんたがそんな若い子なんかに好かれるかいな。お喋《しゃべ》りな上に、垂れ乳。そんな仕様もないおばはんに引掛かるのが関の山や。それでみんなから同情を買うねんよ。あんたは可哀想な男やわ」

「えらい言われようやないか」

「前の嫁はあんなにええ女やったのに、っておいおい泣くやろな、あんた。けど、気付いたときは遅いんやで」

そんなことを言うておったんですけどね。

どないなきっかけやったんでしょうか、あれは。自分でもどっかおかしいと思い出したんかな。

死ぬちょっと前でした。会社帰りに病院へ寄ったら、嫁はひとりで寝てました。以前の入院では大部屋やったんですが、今度の入院は個室でした。それで毎日みたいにお義母はんが付き添っていてくれたんですが、そのときはおらんかった。買物に出ていたんです。今考えると、そろそろ僕が顔を出す時間や、思うて、嫁がそれとなく人払いをしたのかもしれません。

不意に、いつになく真面目に、嫁が言うたんです。

「あんたの会社におった子なあ」

「誰？」

「よう気のつく、可愛《かわい》い子がおったやない。ほら、春のバーベキューのとき、自動車で家まで送ってくれた子や」

「ああ」

「あんな子やったらええなあ」

なにが、と訊き返そうとしてやめました。自分がいなくなった後、僕が再婚するとしたら、の話なんでしょう。けど、嫁が言っているその女子社員は、社内の男とつき合ってて、秋にはそいつと結婚するという話でした。

お前、それ言うの、ちょっと遅かったな。惜しいことしたわ。

そう言おうと思ったんです。もし実際にそんな事情が無うても、そう言うて、冗談にするべきやった。

けど、僕にはそれができませんでした。もう嫁が日に日に弱って来てるんはわかってたし、とてもそんな冗談で返せんかったんです。そんで、

「阿呆なこと言うな」

ってね。本気で怒ったわけやないんですが、怒ったような声が出ました。

もしかしたら、嫁はそんときに、自分がもう長くないことに気付いてしまったのかもしれません。それを考えると、悔やんでも悔やみきれないんですが、僕はそれ以上のことは言えんかった。

嫁も、何も言わんで天井ばっかり見てました。

その日は、嫁の弟が誘ってくれたんです。野球の試合にね。

義弟の会社の社長が、球場の年間予約席《シート》を持ってるんです。そんで、それまでにも何度も誘われたことはあったんですが、その場合はだいたい券を二枚もらって、嫁と僕と二人で行ったり、僕の都合がつかんときは、義弟と嫁とで行ったりで、義弟と二人で行ったことはなかったんです。嫁と義弟はわりと姉弟仲がよかったみたいですが、僕とのつき合いなんて、あってないようなもんでしたから、このときは義弟が僕に気を遣ってくれたんやろと思います。

球場前で待ち合わせました。この日は土曜日で、デーゲームでした。僕より早く義弟は来ていて、義兄《にい》さん、と向こうから声をかけられました。

妙なもんや。義兄と義弟。嫁が死んだんやから、今はともかく、いつかは俺ら、無関係になるんやろな。

そんなことを思いながら、三十過ぎた男が二人、何を喋るわけやない。野球観てますから。それでも義弟がふっと言うんです。

「姉ちゃんも来たかったやろな」

といって、大してしんみりもしていない。嫁はチームの熱烈なファンやったから、義弟としても自然に口をついて出た言葉やったんでしょう。それを聞いたからって、僕もそんなに感傷的になるわけやない。

「そやな」

相槌《あいづち》を打って、その途端に相手チームのバッターにヒットを打たれたりして。あかん、うちのピッチャー、ボコボコやないか。これじゃあいつは観んでもよかった。観たらきっと怒り狂うわ。

それでも、便所に行ったついでに喫煙所で一服しながら、そこらをユニフォーム着てうろうろしてるおばはんらとか若いねえちゃんらを見ていると、理不尽なような割りきれんような、けったいな気持ちになりました。

ここに、こんだけ女がいっぱいおるのに、あいつだけはおらんのや。死んで、いなくなって、あいつ、どこに消えたんやろか。この前までは並んで一緒に野球観とったやんか。

試合は負けました。そらもう見事に。負けると自分ら、何万人という観客の足が重たくなります。相手チームの贔屓《ひいき》なんて何人もおらんのやから、空気も重たくなってます。まあ、みんな、負け慣れもしてるんですが、その点に関しては切り替えが早いやつと遅いやつとがおるんですよ。

「今日はついとらんかったわ。そういえば腹減ったな」

僕は義弟に言いました。前者なんですな。嫁もそうでした。

「六回のあれがあかんかったんや」

義弟は後者なんです。いつまでもぶつくさぶつくさ言っとる。

「あそこで併殺になりくさったから、せっかくのチャンスを逃しよった」

「言わんとけって、もう。それよりどっかで飯食って帰ろか」

「完全な采配ミスや。だから俺に監督させ、ちゅうねん。何であんな選手《ヘタレ》に代打任すかな」

義弟は延々とぼやいとりました。僕の言葉なんかぜんぜん耳に入ってない。姉弟なのに似てへんのですわ。

球場に近接した駅はひとつ。電車の路線も一本ですから、球場から駅のホームまで、重い足を引きずる人でもうぎっしりでした。夏の夕方はまだまだ明るくて、六甲山《ろっこうさん》からもどこからも風は吹いて来ない。湿度は高く酸素が薄い。球場でさかんに飲んだビールの酔いもほどよくまわっとって、頭は朦朧《もうろう》としてました。

義弟のぼやきをええ加減に聞き流しながら、暑いなあ、って上向いた刹那、嫁の声がしたんです。

「あんた」

耳の後ろから囁《ささや》かれたんです。

「なあ、いつかのあれなあ、嘘やってん」

困ったような、照れたような声でした。

何の話かは、すぐにわかりました。死ぬ前に言ってた、他の女子社員とどうとかいう、あの話なんです。そうか、って、そんときに合点がいきました。

それが心残りで、あいつ、逝《い》けへんかったんや。

阿呆やなあ。ほんまに。心にもない強がり言うてからに。

僕は振り向きませんでした。振り向いたところで、嫁がそこにおらんのはわかってたから。

鈍臭《どんくさ》い話ですわ。嫁が死んでから、すでに半年近くも経っていたのに、その瞬間、はじめて、胆《はら》の底から実感が湧いたんです。

あいつ、本当に死んだんやなあ。

だから最後に素直なことを言うたんや。それがわかったんです。

もしもね、もし嫁の幽霊ってやつが、そこにおったとしたら、よけいに振り向きたくなかったですね。嫁に顔を見られたくはなかったんです。

「びっくりするがな、義兄さん」

義弟が素《す》っ頓狂《とんきょう》な声を出しました。

「負けたんが、泣くほど悔しかったんか」

僕も見栄っ張りなんですよ。


それきり、嫁の声も、気配もしなくなりました。

あいつらしいですわ。言いたいことが言えたんですっきりしたんでしょう。そんなとこが実にあいつらしい。腹が立つほどあっさりしてますよ。

さあ、今はまだあいつに操《みさお》を守った形になってますが、将来はわかりません。僕も再婚するかしらんです。好きな女くらいはできるでしょうね。あいつの言うてたように、みんなから同情されるくらいどうしようもないおばはんが相手かもしれませんが、生きていれば、たぶん、そうなる。もし、そんなことになっても、それは勘弁してもらいますわ。結局、あいつ、僕を取り殺そうとはせんかったんやから。

あいつがどこにもおらんことが気にならなくなる。生きていればいつかはそんな日が来るんでしょう。

今はまだ、それを信じられない気がしますけどね。

いちばんめ

一

笑顔を見たのは十年ぶりだった。

呼びかけようとして、ためらった。大輝《たいき》、と、気やすく名前を呼べるような間柄ではすでにない。かといって今さら、進藤《しんどう》君、と姓を言うのもそらぞらしい。

だが、わたしが歩み寄るのに、彼はもう気付いていたようだ。

「山本志穂《やまもとしほ》」

彼の口からわたしの名前が出る。そんな風に姓名を通して言うのが彼の癖だった。

「久しぶり。元気そうだ」

彼、進藤大輝は、わたしの恋人だった男である。

小・中・高とずっと同じ学校で、わたしのもっとも仲良しである佐々木理美《ささきさとみ》が、高校時代の同級生と結婚した。今日はその結婚式で、今は二次会の会場にいる。新郎新婦の到着を待って、友人たちによる歌や演奏、くじ引きの抽選会などの余興が開始される予定だ。現在のところは歓談中、という状態である。

「佐々木の父ちゃん、泣いてたな」

「理美の家庭は、父ひとり娘ひとりだからね」

ふと見ると、見事なまでに周囲から人がいなくなっている。ついさっきまで大輝と立ち話をしていた仲間たちは、素早く気を利かせたものらしい。

高校一年の春から二年の夏休みまで、わたしと大輝はつき合っていた。そして、別れた。ほとんどの招待客が高校の同級生だけに、それを知らない人間はいないのである。

「そこに」

わたしはすぐ脇のソファを指した。

「座って話さない？」

大輝は頷《うなず》いた。黒いスーツに白いネクタイという結婚式用の正装で、ビールの入ったグラスを手にしている。大輝も大人になったなあと、当たり前のことを思う。肥《ふと》ったわけじゃないのに、ひとまわり大柄になったみたいに見える。

「理美ちゃん、綺麗《きれい》だったわよねえ」

「ウェディングドレスが似合ってたわね。本当に綺麗だった」

隣りに腰をかけている二人連れの会話が耳に入った。おそらくは理美の親戚のおばさんなのだろう。

「本気かよ」

大輝が目配せをした。

「マンモスの話らしいぜ」

確かに理美は美人ではない。子供のときから大柄で、体重は、もっとも古く、親しい友人であるわたしも知らない。とにかく痩《や》せてはいない。おまけに毛深いたちで、小学生のときの渾名《あだな》はマンモスであった。

「綺麗だったよ、理美」

わたしは真顔で応じた。中学二年生のころから、理美に彼氏がいなかった時期はない。そして今日も、わたしより先に結婚していった。マンモスといえど、わたしよりはよほど上出来な女なのである。お世辞くらいは言わねばなるまい。それに元来、女の友情は正直とはいえないものである。

「今、どうしてるんだ?」

大輝が、不意に訊《たず》ねた。

「どうって、仕事のこと?」

「いろいろ」

「職業は医療事務。名前は山本志穂のまま」

結婚式に大輝を招待することは、前もって理美から聞いていた。

「招《よ》んでもいい？」

電話口の向こうの理美は、いつになく遠慮がちだった。

「山ちゃんが、どうしても厭《いや》だって言うなら、招待しないから」

わたしはあっさり答えた。

「ぜんぜん構わない。好きにすればいいよ。理美の結婚式なんだから」

「だって、進藤とのことがあるから、山ちゃんは成人式だって来なかったじゃない」

「さすがにもう何でもないって。高校を卒業してからだって、もう十年も経《た》つんだから」

「ごめん」

理美はほっとしたようだった。

「あたしだけの関係なら招ばないんだけどさ。進藤は彼の方の友だちじゃない？　声をかけないわけにはいかなくて」

「気にしないよ」

「本当は、もう頼んじゃってあるんだよね。二次会の余興」

何だそれ、事後承諾なのか。とは思ったが、口に出すのは控えた。それもそうだろう。

理美にとっても、大輝は小学校から一緒のもっとも古い友だちなのである。

「大輝になにを頼んだの？」

大輝。久しぶりにその名前を口に出した。

「くじ引きをするらしいんだけど、そのくじ作りと景品の準備だって。進藤だけじゃないよ。彼の方の、他の友だちにも頼んだことだから」

言いわけのように言った。

「本当は、ウェルカムボードを作ってもらえばいいって、彼が言ってたの。進藤は絵が上手だったじゃない？」

「そうだね」

大輝は絵がうまかった。そうだったよね。

「でも断られた。最近は描いていないから無理だって。まあ、かえってよかったけど。どうせあいつのことだから、もの凄《すご》く不細工なマンモスの絵を描くに決まっている」

「理美の彼は、大輝とは高校からの友だちだからね。そのあたりがよくわかっていないんじゃないの」

「だけど、あんたたちの事情はわかっているから、その点はしっかり気にしているよ」

理美の声が、冗談ぽくなった。

「進藤とのことは、山ちゃんの大恋愛だったもんね」

わたしは、ははは、と乾いた笑い声を上げた。まったく、他に反応のしようがない。

「もう何でもないって聞いて安心したよ。進藤も、秋には結婚するんだってさ」

笑いが止まる。

「へえ、そうなんだ」

「あのころ、山ちゃんはいつも言っていたもんね。将来は絶対に進藤と結婚するんだって」

「若気の至りだよ。馬鹿馬鹿しいこと言っていたなあ」

「進藤志穂になるんだって、名前の画数を調べたりしていたじゃない」

「恥ずかしいね」

わたしはまた笑っていた。

二

大輝と同じクラスになったのは、小学校五年生のときである。それから卒業まで、二年間は一緒のクラスだった。

二学期最初の席替えで、隣りの席になった。それで口を利くようになったのである。

大輝は目立つ男の子ではなく、勉強もスポーツもそこそこだった。身長も、小学生のころはわたしの方が高かった。

　ただ、絵を描くのが得意だった。クラスの子たちに頼まれて、人気のあるマンガやアニメの登場人物を、ノートの表紙とか机の上に描く。授業中も、いつもノートの端に絵を描いている。描き終わると、わたしの方にノートを押して来る。

「なにを描いたの？」

「マンモス」

　つまり理美である。躰《からだ》はマンモスで顔が理美、そんな絵である。見た瞬間、ぶっと噴き出しかけた。

「似てるだろう」

「どうなのかな」

　言葉を濁しておいた。なにぶん友情が大事なのだ。笑いをこらえつつ、わたしは話をそらすことにした。マンモスの背に女の子が乗っている。それを指さして、訊《き》いた。

「これは誰？」

「山本志穂」

　大輝は、投げつけるみたいに答えた。

「ぜんぜん似てないじゃない」

　わたしは文句をつけた。照れくさかったからだ。その女の子はまるでマンガのヒロインみたいに可愛《かわい》らしく描かれていた。少なくともマンモスとは雲泥の差だった。

「うるせえな」

「失敗作だよ、これは」

「ガタガタ言うな。マンモスと一緒にいればお前に決まってるんだよ、山本志穂」

言い合っているのを担任の先生に見咎《みとが》められて、二人して立たされたりしたものである。そして、そんなことから、わたしの中で大輝は特別になっていったのだった。

やがて、わたしも大輝も理美も、同じ中学校に進んだ。大輝とも理美とも、一度も同じクラスにはならなかった。だが、大輝とは美術部で一緒だった。わたしは絵が好きでもないしうまくもないが、大輝が入部したと知って後に続いたのである。

顧問の先生は、まだ二十代の若さだった。

「最近は、マンガが描けると勘違いして美術部に入って来る生徒が多い。それはいい。しかしマンガでも絵画でも、大事なのはまずデッサンだ。徹底的に勉強してからじゃなければ、他のことはやらせないからな」

理想に燃え上がっている、そんな感じの先生であった。そして、宣言した通りのことを実行した。来る日も来る日もギリシャ人の石膏《せっこう》像をデッサンするばかりである。一学期はまだしも、二学期三学期とその状態が続くにつれ、部員は次々に脱落していった。一年生になったころには、大輝も部活にあまり顔を出さなくなっていた。

「描きたい絵を描かせてもらえないんじゃ、部活に出たって仕方がないだろう」

後になってから、大輝はそう言っていた。もっともだとは思うが、わたしは違った。今日は大輝が部活に出るだろうか、今日こそは会えるだろうか。その期待だけで美術室に通い、せっせとデッサンに励んでいたのである。

わたしが石膏のギリシャ人たちと無益な格闘をしているうちに、理美の方は順調に発展していた。

二年生のときに一年先輩のイシダ君とつき合って、初体験を済ませた。むろん、そのことは後で細かく報告してくれた。わたしとしては、眼を大きく見開きながら聞いているしかなかった。

休日には、イシダ君と、イシダ君の友だちのタナカ君、理美とわたし、四人で出かけたりもした。

「二人きりで遊びにいけばいいでしょう」

わたしがそう言っても、理美は困ったように肩をすくめるのだ。

「二人だけで出かけても話すことがないんだよね」

理美の言葉の通りだった。どこへ出かけても、イシダ君とタナカ君、理美とわたしの二手に分かれて会話をしていた。渋谷《しぶや》に行こうが、新宿《しんじゆく》に出ようが、横浜《よこはま》中華街まで足を延ばそうが、街の中をただ漫然と歩きまわる。イシダ君とタナカ君は家電量販店のゲーム売り場を好み、理美とわたしはファッションビル内の洋服店や雑貨店を好む。だが、並べられた商品を見るだけで財布は開かない。開いても中身がなかった。中学生の悲しさである。時々、イシダ君と理美が仲良くすれば、タナカ君とわたしはげっそりと横を向く。面白いことなどなにもなかった。

中学を卒業する前に、理美はイシダ君と別れていた。

「あのころはいったい、なにをやっていたんだろうね」

成人した今になって、理美はそう言って笑っている。同感ではある。まったく、わたしたちはなにをしていたのだろうか。

三年生になったと同時に、大輝は美術部を退部してしまった。そうとなれば、わたしだって辞めたかった。大輝がいないのに、おすまし顔のギリシャ人など描いていても仕方がない。

が、そうは問屋が卸さなかった。

「山本が部長になってくれ」

と、顧問の熱血先生に肩を叩《たた》かれたのである。

「お前はいつも頑張っている。先生はちゃんと見ていたんだぞ」

大輝への熱心さを、絵への情熱と勘違いされたのだ。先生、見ているようで、実はなにも見えてやしない。

「そんなの、厭だって断れば済むことじゃない」

理美は同情がなかった。

「本当、山ちゃんは、そういうところが弱気なんだよね」

確かに弱気なのだろう。わたしは逃げそびれた。なりたくもない部長を務めつつ、面白くもないデッサンを、親しくもない同級生や後輩たちに囲まれながら続けざるを得なかった。

三年生のときは、大輝がB組で、わたしがC組。隣り同士のクラスだった。だから、廊下で大輝の姿を見かけることが多くなった。それが救いではあった。だが、そのぶん、大輝が他の女の子と楽しげに話をしている場面も見かけてしまうのである。ひとりで喜んだり落ち込んだり、気が安らぐ日はなかった。

大輝の背は、いつの間にかわたしより高くなっていた。

「山本志穂」

ある日、珍しく声をかけられたのに、うっかり通り過ぎそうになった。大輝の声がずいぶん変わっていたせいもあるだろう。

「無視するなよ、山本志穂」

「何の用？」

わざと無愛想に応じたのは、つい赤面してしまったからだ。

「次の時間、国語の教科書を貸してくれ」

「教科書、家に忘れたの？」

「だから頼んでるんだよ」

「貸してもいいけど、さっさと返してよ。四時間目はうちのクラスが国語なんだから」

わたしは仏頂面のまま言った。自分の内心を隠そうとすればするほど、なぜか野太い声になる。

「わかってるよ」

その後、大輝が返して来た教科書を開いてみて、わたしは腹がよじれるほど笑った。教科書に載っている小説やエッセイの文末には、作者の略歴と顔写真がついている。その写真のひとつひとつに大輝は落書きをしていたのである。写真の作家たちは、げじげじ眉毛にされていたり、髪型がパンチパーマになっていたり、鼻血を勢いよく噴き出していたり、眼球が飛び出していたり、ありとあらゆるまぬけな変身をさせられていた。

授業中、落書きを見ては笑いをこらえ、苦しむ。国語の時間だけではない。数学の時間も、社会の時間も、わたしは同じことを繰り返した。よく先生に見つからなかったものである。

「シャープペンで描いてあるんだから、消しゴムですっかり消せるんでしょう。みっともないから消しなよ」

理美にはあきれられたが、わたしはその落書きを消さなかった。そんなもったいないことができるものではない。

それでも次に廊下で会ったとき、すれ違いざま大輝の背中をぶん殴った。しかも、かなり強めに拳固《げんこ》を叩きつけてやった。

「痛《いて》えな」

大きな声を上げて大輝は振り向いた。「なにをしやがる」

「あんたには、二度と教科書なんか貸してやらない」

「怒ったのか」

怒ってなどいない。授業中の約一時間、わたしを笑わせるために、大輝はひたすらあんな落書きをしていた。怒る気になるわけなどないではないか。

大輝とわたし、そして理美は同じ都立高校に進学した。残念ながら、またしてもクラスは別々であった。

一学期が終わるころには、理美はクラスメートのオカムラ君とつき合いはじめていた。

「進藤とはどうなってるの」

余裕たっぷり。悠然たる大人の態度で、理美はわたしに訊いて来る。

「どうもなっていない」

わたしは低い声で答えるのみである。

中学の卒業式の日に、緊張で声を震わせながら、第二ボタンをください、とわたしは大輝に頼んだ。それがわたしの告白だった。

特別な勇気があったわけではない。勝算はあったのだ。中三の秋、理美から耳よりな情報を得ていたのである。

「山ちゃんはどこの高校を受験するのかって、進藤が訊いて来たよ。教えてやったら、俺もそこを受けようかなって言ってた。これは脈ありだよ」

その後、大輝はわたしと同じ高校を受験した。そして、揃《そろ》って合格したのだ。そんな経緯が、わたしにいくらかの自信を持たせていた。だから一歩を踏み出せたのである。

大輝はボタンをくれた。それから、進藤じゃなくて大輝と呼んでいい。そう言ってくれた。

だが、その後がよくなかった。わたしの暗い表情を見て、理美もやや心配そうになる。

「あんたたち、ちゃんとつき合っているんでしょう?」

「たぶん」

ますます自信がなくなって、声はいっそう低くなる。

高校に入ってからは、いつも一緒に登校している。同じ小学校とはいえ、お互いの家は学区内の端と端くらいに離れていたから、中間地点にある小さな児童公園を待ち合わせ場所に決めた。

「あじさい公園？」

理美が眉をひそめる。それも無理はなかった。その名の通り、あじさいの植込みに囲まれた公園だが、木蔭《こかげ》には段ボール製の小屋がいくつか並んでいて、家のないおじさんたちが住んでいる。だから児童公園なのに、子供たちがほとんど遊びに来ないような場所なのである。

とにかく毎朝、そこで待ち合わせて、大輝の自転車の後ろに乗って学校に来ているのだ。

「それだけ？」

理美はあきれたようだった。

いや、まったくそれだけ、ということもない。わたしの誕生日が五月で、大輝の誕生日が六月。お互いにプレゼントの贈り合いはしたのだ。大輝がスポーツバッグをくれて、わたしはスニーカーを贈った。

「普通、彼氏は指輪をくれるものじゃない？」

わたしとて、そう考えないことはなかったのだ。だが、誕生日の少し前、いつも愛用していたバッグの持ち手が壊れた。そのことを大輝に話したばかりだったのだ。わたしの言葉をしっかり耳に留《と》めておいてくれたのである。それだけで満足してしまった。

「進藤の方からは、なにもして来ないの？」

「何にもしてくれない」

「デートはしないの？」

「土曜日は大輝の部活があるから、会えない」

中学時代の失敗で懲りたせいもあって、わたしは部活には入らなかった。だが、大輝はハンドボール部に入部していた。だから登校は一緒でも、下校は別々なのだ。わたしとしては部活が終わる時間まで待っていたかったのだが、大輝に拒否された。

「何時に終わるかわからないのに、じっと待っていられても、鬱陶《うっとう》しいんだ」

そう言われては、わたしとしては引き下がるしかなかった。

「日曜日には会わないの？」

理美が訊く。

「約束することもある」

しかし、断られることもある。友だちと先約があるというのだ。しかも、そう言って断った後で、大輝はわたしを落ち込ませるひと言をつけ加えたのだった。

「女とばっかり一緒にいてもつまんねえよ」

隣りを歩いていても、手も繋《つな》いでくれない。わたしは大輝を名前で呼ぶが、大輝はわたしをお前と呼ぶ。もしくは、山本志穂、である。

教室移動で大輝のクラスの前の廊下を通りかかると、つい教室の中を覗《のぞ》いている。そのたびにクラスメートの女の子と親しく話をしている大輝を目撃してしまう。

「それは気にし過ぎだと思うけどね」

理美は溜息《ためいき》交じりに言った。

「進藤はそんなにもてやしないよ」

ともあれ、告白する以前とほとんど変わらない状態が、もう三ヵ月以上も続いていたのだ。

「じきに夏休みだよ。仲を深める絶好の機会だよ」

理美は身を乗り出した。

「よし、最強の秘密兵器を貸してあげよう。うちの父ちゃんの留守にこっそりダビングしといたお宝だよ。これもんから」

と、理美は頰に傷を描く身振りをしてみせる。

「じかに仕入れた裏ビデオ。素人が本気でやってるから、そんじょそこらのAVとは迫力が違うんだって」

わたしは開いた口が塞がらなかった。

「そんなもの、理美のお父さんはどうして持ってるの？」

「父ちゃんの仕事だもの」

そう言われても、意味がわからなかった。

「お父さんは、週刊誌の記者じゃなかったの？」

理美のお父さんとは何度も顔を合わせたことがある。理美のお母さんとはずっと前に離婚していて、父娘二人暮らしだった。いつも眠そうにしているおじさんだが、たまにぽつりと面白い冗談を言う。

「だからさ、それが父ちゃんの仕事なの。毎週毎週、風俗街の探訪レポートを書いたり、AVの新作や裏ビデオの紹介記事を書いたりしなきゃいけないの。DVDとビデオテープを山ほど家に持ち帰って来て、今夜も徹夜だって、父ちゃんはいつも頑張っているんだから」

それで納得した。同時に、理美のお父さんの勤め先が、どのような種類に属する週刊誌であるかも想像がついた。

「で、その秘密兵器をどうしろっていうの」

「進藤と一緒に観るに決まってるじゃない。盛り上がるよ。これさえ観れば男は絶対に落とせる。請け合うよ」

「裏ビデオを一緒に観ようって、大輝を誘うの？」

わたしは啞然《あぜん》とした。そんなことは無理に決まっている。下心が見え見えだ。そう言うと、理美は口を尖《とが》らせた。

「だって、本当にその通りなんだから仕方ないじゃない」

文句は言いつつも、理美は作戦を練ってくれた。

「自然な流れを作ろう。映画鑑賞会という名目にして、あたしの彼氏も含め、四人で集まればいい。みんなでうちに来て、お茶でも飲んでから、あたしの部屋に移動、まずは別のどうでもいい映画を観る。それからすみやかに裏へと移行する」

果たしてそれが自然だろうか。疑問に思いはしたが、口には出さなかった。

「適当なところで、あたしたちは気を利かせて席を外すから、あとは二人でうまくやればいいよ。父ちゃんはどうせ帰りが遅いし、邪魔は入らない。終わったらあたしの携帯電話に連絡して」

わたしは頷《うなず》くばかりだった。


七月のその日、理美の自宅マンションにおいて、作戦は決行された。

気温は三十五度を超えようかという暑さの、かんかん照りの日で、理美は部屋の冷房を目いっぱいに利かせていた。

最初に観たのは、巨大な宇宙船に乗った異星人が地球に襲来する、という内容のアメリカ映画だった。理美の彼氏のオカムラ君と大輝は無言で画面に見入っていた。映画自体が面白かったからというより、画面を見ているより他に仕様がなかったのだろう。オカムラ君と大輝は、クラスも違うし、ほんの顔見知り程度なのだから、話が弾むわけもなかった。

むろん、その三時間弱の映画は、わたしの記憶にはまるで残らなかった。わたしにとっては、異星人の襲来どころではない。もっと重大な事態が待ち受けているのである。

やがて、件《くだん》の秘密兵器が投入された。

「何だこれ」

などと、口先では厭がりながらも、結局は観ていたのだから、大輝もまんざら興味がないことはなかったのだろう。

オカムラ君は、トイレへ行く、と言って立ち上がり、理美は、父ちゃんから電話だ、と言って部屋を出た。そして、それきり帰って来なかった。

「気持ち悪い」

ふと、大輝が呟《つぶや》いた。

「寒気がして来た」

見ると、大輝の腕に鳥肌が立っている。

「大丈夫?」

「大丈夫じゃない。本気でゲロ出そう」

「冷房を止めようか」

立ち上がりかけたわたしに向かって、大輝が沈んだ声で訊く。

「お前、前からこんなことをしてたのか」

「こんなこと？」

画面では、裸の男が裸の女に、体内にはどのくらいの大きさのものをどれだけ収納できるのか、という一種の人体実験を施しているところだった。

「するわけがないじゃない」

わたしは思わず気色ばんでいた。

「そうじゃなくて、こんな風にして、こんなビデオを誰かと観るとか」

大輝は言葉を切った。

「帰る」

言うなり立ち上がって、大輝は部屋を出て行った。

「ちょっと待って」

後を追いながら、理美とオカムラ君の姿がどこにも見当たらないことに気付く。外へ出かけてしまったらしい。マンションの鍵をわたしは持たされていない。戸締りをしないで家を空けるわけにもいくまい。ましてや他人の家である。

大輝はそのまま帰ってしまった。わたしは呻《うめ》いたり喘《あえ》いだりを続ける秘密兵器と共に取り残された。

すぐに理美の携帯電話に連絡をしたが、繋がったのは二時間後である。それまでなにをしていたのか、今はどこにいるのか、訊ねてみる元気もなかった。

「なにもしないで帰したの。帰しちゃ駄目じゃない。せっかくのチャンスだったのに」

電話の向こうで、理美は語気を強めた。

「進藤は絶対興奮してるんだから、その場に押し倒せばよかったんだ。もし抵抗しても、どうせ口だけだって、オカムラもそう言ってるよ」

高校一年の夏は、なにも起こらぬまま虚《むな》しく過ぎていった。


大変化が起きたのは、正月である。

一月の三日。大輝とは、明治《めいじ》神宮へ初詣に行く約束をしていたのだった。神宮の境内も参道も、どこも人でいっぱいだった。わたしはおみくじを引いたが、和歌が書いてあって、吉なのか凶なのか、さっぱりわからない。釈然としないまま大鳥居を出た。

空は重く雲が下りていて、ひどく冷え込んでいた。とにかくなにか温かいものを口にしたい。そう思って原宿《はらじゅく》の雑踏を歩きまわったが、どのお店も混んでいて、しばらく待たなければ席は取れないようだった。となれば、あきらめるしかない。大輝は行列に並ぶのが嫌いなのである。

そのうち、曇った空から霙《みぞれ》が落ちて来た。

「うちに来るか？」

大輝が言った。

「なにもないけど、お茶くらいは出せる」

「ご両親は？」

さりげなく訊いた。

「伯父《おじ》さんの家にお年始に行っている」

それは好都合だ。今日こそは進展があるに違いない。

「大輝は行かなくてもよかったの？」

行かなくて本当によかった。できれば伯父さんの家がうんと遠いといい。そう思いながら訊いてみる。

「お年玉がその分減ったら、お前のせいだから」

大輝が笑う。わたしも笑った。何だか急に暖かくなった気がしていた。

明治神宮前から地下鉄に乗る。一度乗り換えをして、それから最寄の駅で降りて、大輝の住むマンションに着いたころには、霙とも雪ともつかないものが、だいぶ激しく降って来ていた。

大輝の部屋に、わたしははじめて足を踏み入れた。玄関脇にある部屋で、室内なのに外と変わらぬほど空気が冷たくて、吐く息が白い。

「寒いね」

わたしが言うと、大輝は頷いた。

「北向きだから、いつもこんな感じなんだ」

六畳もないだろう室内は、二つの机と二段ベッドと二つの棚で埋まっている。

「弟と同じ部屋なんだ」

と、大輝が説明した。

「狭苦しくってたまらねえよ」

座れ、と示されたのは、ベッドの下段である。大輝は電気ストーブをつけて、机とセットの椅子に腰をかけた。わたしの隣りには来ない。こんなに狭い部屋なのに、大輝とわたしの間には、一メートルの距離が中途半端に残っている。冷えきった空気はなかなか暖まらない。

なにを話そう。わたしは頭の中でいろいろ思いを巡らせていた。なにを話せば、ことはうまく発展するのだろうか。

二人きりのときに、キスしたことある？　と訊いてみろ。以前、理美にそう助言されたことがあった。そうすれば相手は積極的行動を取らざるを得ないものだというのだ。

そこでわたしは訊いたのだった。キスをしたことはあるの、大輝？

「お前はどうなんだよ」

大輝が訊き返す。まったくない。正直にそう答えてはいけない。それが理美の教えだった。男にまるで縁のない女だとばれてもいいことはない。曖昧に笑っておけ。そこでわたしは理美の助言の通りにした。

するし、大輝の口から意外な言葉が出た。

「相手はタナカか」

「タナカあ?」

素《す》っ頓狂《とんきょう》な声になる。一瞬、誰のことだかわからなかったのである。

それから思い当たった。理美の前の彼氏の友だちのタナカ君だ。たまにみんなで出かけたりしていたのを、大輝も知っていたのだろう。

だが、タナカ君とキスなんてとんでもない。まともに話すらしたことがないのだ。

やがて、大輝が怒ったように言った。

「眼を閉じろよ、山本志穂」

それから一時間のうちに、キスと初体験が、大波のように押し寄せて、終わった。戸惑いがまるでなかったわけではない。だが、本音をいえば嬉《うれ》しいだけだった。

わたしはついまじまじと大輝の顔を見てしまっていた。

「眼は閉じてろ」

叱られた。

「ごめん」

冷たかった指先や掌《てのひら》が、いつしか熱くなっていて、部屋の中も暑いほど暖かい。さっきのおみくじは、きっと大吉だったのだと、空の上の神様に感謝している。

大輝の汗がわたしの肌の上に落ちた。幾度も落ちた。


理美に報告したら、生真面目な顔で祝福された。

「おめでとう。正月だけに、よりおめでたいね」

次の瞬間、理美の唇が綻《ほころ》んだ。

「で、どうだったのよ、山ちゃん」

やーまちゃーん、と妙な節をつけて、まるで中年のおばさんみたいになっている。

「割とあっさりしてた」

「痛くなかったの？」

「血も出なかった」

「もしかしたら山ちゃんの処女膜、破れていないんじゃないの。進藤のものがあまりにも小さ過ぎて」

わたしが凄い眼で睨《にら》んだので、さすがに理美は黙った。

「そのせいかな。大輝、わたしがはじめてじゃなかったって思ってるみたい」

「そりゃ、そう思わせておいた方がいいって」

理美は深刻な調子で言った。

「ちょっとくらいは進藤にやきもちを焼かせておかないといけないよ。山ちゃんの価値がそれ以上下がったらどうするの」

わたしはむっつり頷いた。いくら何でも失礼な発言だと思ったのである。

しかし結局、わたしは大輝の誤解を自分から解こうとはしなかった。大輝に嫉妬《しっと》して欲しかったのだ。大輝以外の男にももてるのだと思わせたかった。

いつだって、わたしばかりが大輝を思っている。大輝が他の女の子と話すだけで腹が煮え返り、苦しい。そんな気持ちでいるのは不公平だと思っていた。


二年生になって、大輝は忙しくなった。ハンドボール部の部長になったのである。

そして、キタザワハルカが登場する。わたしにとって、絶対に忘れられない名前だ。

一学年下の、ハンドボール部のマネージャーとなった女の子である。

ちょうど衣替えの時期だったから、六月になる少し前のことだったろう。わたしは、大輝とキタザワが一緒に帰った、しかもそれは一度や二度ではない、ということを、同級生のひとりに教えられたのである。

わたしの誕生日に、大輝はシルバーの指輪をくれたばかりだった。よりによってそんな時期にそのことは起きたのだ。

わたしは大輝を問《と》い質《ただ》した。

「遅くなったから、家まで送ったんだよ。俺は自転車だし」

それが大輝の返事である。

「自転車の後ろに、そいつを乗せたの？」

わたしの顔色は変わっていたと思う。

あそこは、わたしの場所でしょう。言いかけて声が詰まる。わたしの場所に、大輝はその女を乗せている。とんでもない裏切りだと思った。それに、わたしと帰るのは厭がるくせに、なぜそいつならいいのか。それも許しがたい。

わたしの愚痴の聞き役は、いうまでもなく理美である。

「そんなに気になるなら、山ちゃんもハンドボール部に入部すればいい」

理美の返事はいささか投げやりであった。

「マネージャーになって、そいつを押しのける。進藤の自転車に乗って、二人仲良く家まで帰る。それで解決だ」

わたしは重く首を横に振る。

「大輝にうるさがられるもん」

「いっそのこと、その女を締《し》めちゃおうか」

理美が眼を光らせた。

「便所に連れ込んで、ボコボコにぶん殴っちまえ。血へド吐かせて、床に這《は》わせろ。手伝うよ」

が、わたしはまたしても陰気に首を振るのだ。

「大輝に告げ口されたら厭だもん」

あのころの山ちゃんは実にうざったい女だった、と、のちのち理美にはよく言われたものである。

「当時は言えなかったけどね、内心では思っていた。毎日毎日、大輝大輝タイキ大輝。他に話すことがなかったもんね。うんざりしたよ。今だから言えることだけど」

面白ない話だが、その通りだったと自分でも思う。

来る日も来る日も、キタザワに大輝を奪われる心配しか頭になかった。あの時期、他になにをしていたのか、ぜんぜん思い出せないほどである。

やがて夏休みになって、大輝とわたしの毎朝の登校がなくなった。だが、ハンドボール部には毎日の練習があり、合宿があった。

わたしは大輝と会えない。が、大輝はキタザワと会っている。その状況が悪かった。想像ばかりが、自分の中で勝手に育っていく。

時々、大輝と会っている時間、その瞬間だけは、キタザワを心の隅に追いやっていられた。だが、大輝の眼が少しでもわたしからそれると、すぐにキタザワが勢いを盛り返して来る。

いつか大輝の心がキタザワに傾く。いつか大輝の口から別れの言葉が出る。大輝に嫌われる。わたしは不安でおかしくなりそうだった。嫌われるくらいなら、自分から別れを口に出した方がましだ。そう考えるようになっていた。

あの年の夏休みは、わたしにとっては長過ぎた。

夏休みの最後の日、正午過ぎの暑い時間だった。わたしは大輝をあじさい公園に呼び出した。花の盛りはとうに終わって、茶色く干乾《ひから》びたミイラのような花が残っている。あじさいは美しいが、終わり方が醜い。この花がみずみずしい青さで咲き誇っていた季節はほんの二ヵ月ほど前だった。もう、ずいぶん昔のことみたいな気がした。

大輝は自転車で来た。

「終わりにしようよ」

わたしはそう切り出した。

「これ以上続けて行くのは、わたしも限界だから」

「なにを言っているんだよ」

「だから、終わりにしようってことだよ。大輝もおしあわせにね」

「意味がわからないって言ってるだろうが」

大輝の声が荒くなった。

「ひとりで勝手に突っ走って。お前の言ってることも、やってることも、ぜんぶ意味がわからねえんだよ」

戸惑うかと思っていた。慌てるかと思っていた。

だが、大輝は怒っていた。今まで見たことがないくらい怒っていた。

「わからなくていいよ。今日でおしまいにするんだから」

わたしは引っ込みがつかなくなっていた。

「さよなら、大輝」

言い棄《す》てて踵《きびす》を返した途端、なにかに引っ張られて、わたしはつんのめった。大輝の自転車の荷台にTシャツの裾《すそ》が引っ掛かっていたのである。

「なにをやってるんだ、お前」

傍《はた》から見たら間の抜けた光景に違いない。後で理美に話したときも笑われたのだ。そして、大輝と同じ言葉を口にしたのだ。

なにをやってるの、山ちゃん。

だが、その時の大輝はぜんぜん笑っていなかった。

「早く取れよ」

そう言って、わたしから視線を外した。わたしは慌ててTシャツの裾を引っ張った。裾糸がほつれて長く伸びる。

「取れたか」

「い、糸が」わたしは焦った。「糸が引っ掛かっちゃった」

「早くしろ」

「取れた」

次の瞬間、大輝は無言で自転車を走らせていた。見る間に自転車が遠くなっていく。大輝は振り向きもしなかった。

糸の出たTシャツの端を握り締めたまま、わたしは立ち尽くしていた。

大輝は行ってしまった。

嫌われたくなかったから、嫌われる前に言ったのだ。

おしあわせに。さよなら、大輝。

わからなくてもいいよ。わかるわけはない。自分で自分がわからないんだから、涙も出ない。ただ、咽喉《のど》の奥が塞がって、声も出せない。

わたしたちは、それで終わった。

三

俺も結婚するんだよ、秋に。

穏やかな笑顔を見せながら、大輝がそう言うのを、わたしは聞いている。

「聞いたよ、理美から」

わたしは言った。

「おめでとう。式には行かないけど」

「呼べないしな」

「呼んでくれてもいいのに。そうしたら行くよ」

「来ないでいいよ。絶対に来るな」

大輝は笑顔のまま、手にしたグラスを干した。

「今だから言えるけど、あのとき、お前にふられてから、けっこう長く落ち込んでたんだ。成人式でも、会えるかと思っていたら、お前は来なかったもんな」

大輝と別れた後で、わたしはろくに口も利いたことがないような大輝の友だちに呼び出された。あいつと仲直りしろよ。喧嘩腰《けんかごし》でそう言われたことがある。咄嗟《とっさ》に言い返していた。何であんたが口を出す。抛《ほ》っとけ。

「お前は誤解していたみたいだけど、本当に何でもなかった。誰とも何にもなかったんだよ」

大輝の言うとおりだった。あの後で、大輝がキタザワとつき合ったという話は聞かなかった。

「お前には俺の前にも男がいただろう。だけど俺は違った。お前が最初の彼女だった」

大輝の口調は淡々としている。

「それぱかりにこだわっていたんだ。ずっと、情けないほど気になってた。それでずいぶん無理をした」

そんなのはただの虚勢だったのにと、胸の中で呟く。わたしのつまらない虚勢を、大輝は気にしてくれていた。

「日曜日は暇で、約束もないくせに、忙しいふりをしたりした」

そうだったのか、と思う。わたしの虚勢に合わせて、大輝も虚勢を張っていたのだ。

「手を繋いでもくれなかったよ」

「手に汗をかくんだよ。べたべたしたら気持ち悪がられる。俺もいろいろ気を遣っていたんだ」

「別れると言っても、引き止めてくれなかったね」

「嫌われたと思った。しつこくしたら、もっと嫌われる。どうしたらいいのかわからなかった」

あのとき、どうしてそれを言ってくれなかったのか。そう言いかけて、やめた。わたしだって同じだ。

あれからだって、仲直りの機会はいくらでもあったのだ。電話をかければよかった。帰り道で待っていればよかった。そして、呼びかければよかったのだ。そうしたら、大輝は足を止めてくれたかもしれない。

何の用だよ、山本志穂。

眼をそらしながらも、そう言ってくれたかもしれない。

今なら簡単にできることだ。けれど、あのとき、わたしはそうしなかった。無視されるのが、拒絶されるのが怖かった？　それもある。だが、それだけではない。

電話なら、大輝からかけて来ればいいと思っていた。大輝こそ、帰り道で待っているべきだった。もう一度やり直そう。そう言い出すのは、大輝の役目だと思っていた。

いつもいつも、そんな幼い意地だけ張って、自分が有利な立場でいたかった。格好だけつけて、言わなくてはならないことは言わなかった。そして、本当に大事なものを簡単に手放した。

今ならきっと違うだろう。もっと上手に話せるし、もっと上手に喧嘩ができる。だけど、わたしたちが彼氏と彼女だったのは、高校一年と二年のとき。大輝もわたしも、十五歳で、十六歳で、十七歳だった。

いつか、理美が言った言葉じゃないけれど、本当に、あのころはいったい、なにをやっていたんだろう。

「最後の日、大輝は凄く怒ってた」

「あの場合、怒るしかないだろう？　後で何度も考えた。あのとき、お前を止めていれば、俺たちは違ったのかなって」

誰かが大輝の名前を呼んだ。眼を上げると、理美たち夫婦が用意された席に座っているのが見えた。

「そろそろ行くよ。余興のくじ引き係なんだ」

言いながら、大輝は足元に置いた紙袋を取り上げた。

「ほら」

大輝が眼の前に示した紙片を見て、わたしは噴き出した。三角に折られたくじの紙に絵が描いてある。ずっと昔、大輝が描いていたマンモス、理美の似顔絵だ。

「こういう絵、もう描いていないと思っていた」

「まさか、最近は描いてなかったよ。昔のノートが残ってたから、それをコピーしたんだ」

「くじの紙、ぜんぶこの絵なの？」

大輝は頷いた。

「一等の当たりくじにだけ、中身にも絵が描いてあるんだ。それはコピーじゃなくて、久しぶりに描いてみた」

「何の絵を描いたの？」

「当たれば見られる。お前、当たるといいけどな。幸運を祈っとく」

「今、見せてよ。一等は何だっけ。二泊三日の韓国旅行？」

「もう混ぜちゃったから、ズルはできない。知りたければ当ててみろよ、山本志穂」

じゃあ、と言って、隣りから大輝が立ち上がる。また後で話そう、とは言わなかった。わたしも言わない。

大輝もわたしもわかっている。十七歳はもう取り戻せないのだ。


くじは大輝が手にした紙袋から白いボール箱の中に移された。

「これから皆さんの間に、くじの入った箱をまわします」

マイクを手にした司会の男が説明をはじめた。理美の旦那さんの友だちで、やはり高校の同級生だというが、わたしは覚えていない顔である。

「一個ずつ取ってください。取っても、まだ開かないでくださいね。僕が声をかけますから、そうしたら一斉に開いてください。中に数字が書いてあれば当たりです。一等から五等まで、豪華な賞品が用意してあります。何にも書いてなければ、残念ながらはずれです」

そこまで説明してから、司会の男が慌ててつけ加えた。

「あ、一等賞だけはイラストだそうです」

一等は絵だよ、と、会場の隅の方にいた大輝が声をかけたのである。遠慮のないその言い方からすると、司会の男とは大輝も親しい間柄なのだろう。

「当たりくじを引いた幸運な方は、その場で手を挙げてください」

説明ののち、白い箱が会場中にまわされ、司会の男の合図で全員が手元のくじを開く。人々のざわめきがひときわ大きくなる。当たった、と言って誰かが手を挙げた。

「何等ですか」

「三等」

私は二等です、五等ですと、周囲から次々と声が上がる。わたしは自分が開いたばかりの紙片をぼんやりと眺めていた。大輝が祈った幸運が本当に訪れたことが、なかなか実感できずにいたのだ。

「一等の方がまだですね。一等賞の方はおられませんか」

司会の男が会場を見まわして訊ねる。それでようやくわたしは手を挙げた。

「一等賞が出ました」

司会の男が、わたしを指して大声を張り上げた。

「山ちゃんなの？」

理美が席から飛び上がるようにして手を叩きはじめた。

「やったね」

隅にいた大輝もこちらに眼を向ける。一瞬、昔のままの表情で、わたしの顔を見た。

そのとき、記憶の彼方に流れ去ったはずの感触が蘇《よみがえ》った。最初に触れた、冷たく乾いた大輝の唇。

すぐに温かく濡《ぬ》れて、すぐに忘れた。一番目のキスの感触。

本当は、あんたが一番目だったんだよ。胸のうちでそう言ってみる。

キスも、それから、大好きを言葉にしたのも、裸の肌を寄せ合って、わけもわからず満たされた気持ちになったのも。

ぜんぶ、大輝がはじめてだった。一番目で、いちばん思っていた。

将来は絶対に結婚するんだ。進藤志穂になるんだって、本気で信じていた。

それを電話で理美にからかわれたとき、その瞬間は笑ったけど、電話を切った後で、不覚にも少し泣いた。

あれから、恋と呼べることは何度もあったけど、それをみんな知っている理美が、大恋愛だったね、と言うことは決して.てない。

理美がそう言うのは、あんたの場合だけなんだよ、大輝。

何度も棄てようとしたけれど、いまだに取ってある制服の第二ボタン。ぼろぼろになったスポーツバッグに、黒く変色した銀の指輪。別れたあの日から、ずっと胸を塞いでいる苦い塊。わたしの一番はじめの恋。

一生で、たった一度しかない、一番目。

今日は会えてよかった。ちゃんと話ができてよかった。さよなら、大輝。おしあわせに。

今度こそ心の底から言いたい。そう思っている。本当の本当に、しあわせになってください って。

わたしの手の中に、大輝の絵が描かれた一等賞のくじがある。大昔に見たことがある女の子の似顔絵だ。マンモスに乗っていた女の子。そしてその横に大輝の字で大きくこう書かれていた。

「いちばんめ」

さよなら、大輝。世界でたったひとりの、わたしの一番目。

あの人への年賀状

母親が小さな背をまるめ、床に散った毛髪を丁寧に掃き寄せている。

店内に母親ひとりしかいないのを確かめてから、僕は、丸川《まるかわ》理容室、と白く書かれたガラス扉を開けた。

「お母さん」

そう声をかける前に、母親はこちらを振り向いていた。

「たあちゃん」

その呼び方はやめてくれ。十代の半ばになったころから数えきれないほどそう頼んでいるのだが、最近では僕もあきらめている。なにせ、十年以上も聞き入れてくれないのだ。仕方がない。このひとの息子に生まれ、たあちゃん、と呼ばれながら育ててもらったことは確かなのである。

「ちょっと、話してもええ?」

僕が訊《き》くと、母親はわずかに眉を寄せた。

「店《ここ》じゃいけんの？」

「できりゃ、家の中で話したいんだわ」

困った、といった母親の表情を見て、僕は問いを重ねた。

「予約のお客さん、入っとるの？」

「予約はあれせんでも、今日は日曜日でしょう」

ああ、と僕は頷《うなず》いた。昔から母親の主要なお顧客《とくい》は小中学生の子たちなのだ。店の前の道路を挟んだすぐ斜向《はすむ》かいに小学校と中学校が並んで建っているせいもあるけれど、母親が設定した小中学生料金が破格に安いという理由が大きい。よって、小中学生時代を通し、僕の同級生のほとんどは丸川理容室で髪を切っていた。したがって休日である土曜日と日曜日は他の床屋以上に書入れどきなのだった。

しかし僕とて現在は働いている身である。休日くらいしか母親と話す時間は取れない。

「少しだけ奥で話させてよ。それほど長い時間は取らせんで」

僕が言うと、母親はそれ以上逆らわなかった。

「家の中はだいぶ散らかっとるよ。そろそろ片付けをはじめとるもんだで」

店の奥にも扉があって、そこは茶の間に通じている。母親は足をそちらに向けたが、僕はいったん店の外に出た。

店の入口であるガラス扉の横に木製のドアがある。僕が生まれ育った家の玄関はそちらなのだ。

玄関を入ると、店の空間の分、廊下が細長く続いている。その先が茶の間で、廊下を挟んだ反対側が台所になっている。

茶の間に入る前に、台所を覗《のぞ》いてみる。なるほど、母親が言った通り、床にはいくつもゴミ袋が積まれ、足の踏み場もないほどだった。

茶の間では、もう母親が待っていた。押入れの襖《ふすま》が開いたままで、その前に大きな段ボールの箱が置いてある。

「コーヒー、飲むでしょう?」

電気ポットに手をかけた母親が訊《たず》ねる。別に飲みたくもなかったのだが、ひとまず頷いておいた。

鉄筋コンクリート造りの店に、木造二階家が乗りかかっているという、変な建物である。腰板部分には黒とグレーの市松模様のタイル。道路に面した二つの窓の上には、barbershopと英字のプレートが張られ、斜めに取り付けられた赤青白のサインポールがくるくるまわっている。店が建てられた昭和三十年代初頭、名古屋《なごや》市の外れにあるこの田舎町《いなかまち》では、さぞかし人目を惹《ひ》くモダンなデザインだったのだろう。が、今では壁面に亀裂が入り、市松模様もところどころが剝《は》がれ、英字のプレートは最初のrとhの二文字が欠け落ちている始末だった。

「バーバーじゃなくて、ばばあになっとるが、お母さん」

そう指摘しても、母親はあまり動じなかった。

「そら、あながち間違いでもないことだでね」

店の中は毎日磨いとるでぴっかぴかしとるが。そう言って胸を張り、外装には無頓《むとん》着《ちゃく》な母親も、水まわりが劣化してお湯の出が悪くなったことで、ようやく改築を考える気になったようだ。その話が具体化したのは、去年、僕が結婚してからである。すでに嫁に行っている姉も含めて会合を持った結果、二世帯住宅として建て直すことがすんなり決まった。

「会社からは少し遠くなるけど、このまま賃貸マンションに家賃を払い続けるよりはええに決まっとるが。子供が生まれりゃ、今の部屋ではどうしたって手狭になるんだで」

僕の言葉に、妻も賛同した。いくら長男の嫁となったとはいえ、姑《しゅうとめ》と同居、ということになれば躊躇《ちゅうちょ》もあるだろう。その点、二世帯住宅ならば問題はいくらか少ない。

母親は、改築工事の期間中に住むアパートもすでに借りてある。

「二ヵ月かそこらの間だけだで、俺らのマンションに住んどりゃええが」

勧めはしたのだが、もう決めてしまった、というのが母親の返事だった。

「どのみち、荷物を置いとく場所も必要でしょう。間がええことに、篠崎《しのざき》さんの経営してみえるアパートにちょうど空きがあったもんで」

母親がそれを言ったとき、思わず僕は口走っていた。

「そらまた間が悪かったわなあ」

古くからのお顧客のひとりであり、母親が見習いのころは髭《ひげ》をあたるたびに頰を血まみれにされた、というのを妙な自慢にしている篠崎さんのアパートは、この店よりひどいあばら屋なのである。木造二階建て。築年数は三十年以上で、僕の年齢より上である。アパート名は幸福荘《こうふくそう》という。名前からして昭和くさいうえ、もはや看板に偽りあり、不幸と貧困しか感じ取れない有様なのである。二畳ほどの台所に四畳半の和室二間。風が吹くたび塗りがぱらぱら剝がれ落ちて来る砂壁に、色も香りも抜けてささくれ立った黄色い畳。たった二ヵ月足らずの間とはいえ、なにもあんな部屋に住むこともあるまいと思う。

「だけど、敷金も礼金も入れんでええ、って言うてくれとるもんだで」

「そんなもん、当たり前の話だわ。あれで敷金や礼金を取ろうちゅう方がおかしいがや」

「そう言わんでよ、たあちゃん。お母さん、アパートでひとり暮らしなんて、生まれてはじめてだで、楽しみなんだわ」

母親はそう言って済ましてしまったが、実際は僕や妻に遠慮があるのだろう。そういうひとなのである。

「小学生はわかるけど、今どき、中学生は床屋で髪を切らんのじゃない？」

段ボール箱を脇へ寄せて、自分の座る場所を確保しながら言うと、母親は首を横に振ってやんわり否定した。

「部活しとる子たちが来るんだわね」

「坊主頭？」

「そう。けど坊主いうても、最近の子にはいろいろ注文があって大変なんだわ」

その言葉とともに、インスタントコーヒーをなみなみと注《つ》いだマグカップが僕に手渡される。

「昔は簡単だったでよかったが。注文なんて普通に刈ってくれ、って子たちばかりだったもん。ちょうどあんたくらいの年代の子から色気づいて来たんだわ」

「お母さん、そんで、子供らの言うように切ってやっとるの」

「そら、言うようにやったってやらな、あかんでしょう」

自分のぶんのコーヒーを注ぎつつ、母親は溜息《ためいき》をついた。「でもって、後で親御さんやら先生方らに怒られたりしとるの」

「変わっとらんね、お母さん」

僕も溜息をつく。子供であろうと誰だろうと、母親は客の注文を素直に受ける。受け過ぎるのである。

僕の二年先輩に、三角《みすみ》君という男子がいた。家庭にいささか複雑な事情があったようで、中学二年のころからだんだんやんちゃになり出して、ある日、丸川理容室に入って来ると、母親にこう言ったのである。

「髪の毛をピンクい色に染めたって、おばちゃん」

そのとき、母親が三角君の依頼を断ったのは、店にピンクの染料がなかったという理由からだった。そして後日、染料の入荷を待って、三角君は望みの色の髪を手に入れた。三角君の両親は自由放任主義で、息子の髪についてはなにも言わなかったようだが、学校ではそうはいかなかった。

三角君は再び丸川理容室に来ると、言った。

「ピンクい髪はいかんで、坊主刈りにして来い言われたで」

母親の話によると、このとき、三角君はさほど落ち込んではいなかったそうである。それはそうだろう。三角君は続けてこう言ったのだ。

「刈るときは、生え際から頭頂《てっぺん》にかけて稲妻形の剃《そ》りを入れてな、おばちゃん」

その後、店に押しかけて来た、苦虫を嚙《か》み潰《つぶ》した表情の体育教師に、母親はみっちり苦情を言われていたものだった。

そんなことを思い出しながらマグカップを口に運んでいると、母親が不意にくすくす笑い出した。

「さっき、たあちゃん、おかしかったで」

昔から笑い上戸なひとなのである。

「なにが」

「入口から、お店の中を覗いとったでしょう。小さいころ、あんたは悪いことすると、なかなか家に入って来《こ》んで、ああしてガラスんとこからじいっとこっちを見とったもんなんだわ」

「覚えとらんよ、そんなの」

僕は苦笑するしかなかった。母親の持ち出す昔話は、息子にとって好ましい記憶とはいいかねるものが多い。

「それはなに？」

話題を変える目的もあって、訊《き》いてみた。ちゃぶ台の横にファイルが二、三冊置かれているのが眼に入ったのだ。

「年賀状のファイル。片付けがてら出しといたの。もう年末だでね」

ああ、と言いながら、一番上にあったファイルを手に取り、めくってみる。

「今年届いたぶん？」

母親は頷いた。

「お父さんの関係のひとも、もうだいぶ少なくなって来とるで」

母親の言葉を聞きながら、眼を走らせる。はがきサイズのクリアファイルで、一頁《ページ》につき一枚のポケット。収められた年賀状は、大半が印刷された写真付きのもので、晴着を着た知らないひとたちが写っている。差出人の名前にも覚えがない。母親の名前に宛ててはあるが、三年前に亡くなった父親の仕事関係の人々から届いたものらしい。少なくなったとはいえ、まだ残ってはいるのだ。

二冊目を手に取る。こちらは丸川理容室様、と、店宛で来ている。嫁いでから三十年以上もこの店で働き続けている母親には、個人的なつき合いというものがほとんどない。

「このひと、誰だった?」

手を止めたのは、こちらのファイルに分類された中で、そのはがきだけが母親の名宛に書かれていたからだ。

「ああ」母親はちょっとそれに眼を向けて、すぐにそらした。「お客さんだわ、お店の」

「お客さんはわかっとるよ。またえらい遠くから届いとるが」

僕は差出人の住所を見て、言った。「岐阜のひとだがね、このひと」

「少しの間だけこっちに住んどらしたんだわ。そのときに、ようみえてたひと」

母親はコーヒーを啜《すす》り上げた。「あんたがまだ小学校に上がる前のことだで。覚えとらんのでしょう」

自宅の前で撮影したらしい、家族全員での記念写真だった。差出人と思《おぼ》しき中年男とその妻、中学生か小学校高学年くらいにみえる娘が二人。

「あのころより、ずいぶん恰幅《かっぷく》がようならしたでね。わからんでしょう」

「お母さん」

ここで僕はようやく本題に入った。「本気で店を続けたいの？」

どんなに小さいスペースでもいいから、理容室を続けたい。それが、改築に際して出した母親の唯一の希望だった。

しかし、僕は反対だった。これを機会に閉店して、母親にはゆっくり休んでもらいたかったのだ。

「お店なんか残さんでもええでしょう」

僕の妻も同じことを言っていた。

「お姑《かあ》さんには引退してもらったらええが。そんなに大繁盛しているわけでもないんでしょう」

「まあ、な」

僕は否定しなかった。しかし、妻の口からそう言われると、軽い反発も覚えるのが我ながら不思議である。

「けど、そんなに馬鹿にしたもんでもないんだって」

つい母親を擁護するような口調になっていた。

「父ちゃんが亡くなってからもひとりでちゃんと飯を食っていけとる、というのがお母《か》んの自慢なんだで」

それにしても、従業員が母親ひとりだから採算が取れているだけのことである。現在はまだしも、いつ赤字に転落するか知れたものではない。固定客のほとんどは老人か、単価の低い小中学生。若者も中年層もおばちゃんが経営する床屋さんには行かないで、若い美容師が揃《そろ》った美容室へと足を運ぶ。現に僕もそのひとりなのである。街には整髪専用の千円均一の理容室も増えている。家を建て替える、この時期に閉店するのは決して悪い判断ではないと僕は思う。

「お店にスペース取られるの、もったいなくない？」

僕の発言を、妻は軽く受け流した。

「だったら駐車場を広めに造っといた方がええって。お姑さんが住む場所は除いても、二台ぶんは楽に場所が取れるでしょう」

「二台って、なに言っとるの。お母んは持っとらんよ、自動車」

「そのうち私が自分の自動車を持つかもしれんじゃない」

「冗談じゃない。改築費用のローンがどのくらいかかると思っとるの。二十五年だで、二十五年。当分は二台も自動車なんか持てんよ」

妻は頰を膨らませた。「だったらとっとと出世しやあ、あんた」

「店の件に関しては次の日曜日、お母んとよう話して来るで」

今度は僕が妻の言葉を聞き流した。そして、今日、やって来たというわけなのである。

だが、やっと本題を切り出した、と思った途端、店の方から大声がした。

「お母さんなにしとるの、お客さん待たして」

店と茶の間の仕切り戸をがらりと開けて、姉が顔を出した。

「おったの、隆明《たかあき》」

姉はこの近所に住んでいるのである。母親は立ち上がった。邪魔が入ったことで、明らかに安堵《あんど》した様子である。

「ごめんね、たあちゃん。お客さんみえたで、また後で」

言い残すと、姉の横をすり抜けてサンダルをつっかけ、母親は店に出て行った。

「お母さん、勝手にもらってくよ」

茶の間に上がりながら姉が言うと、店から母親が声だけを返した。

「好きなだけ持って行きゃあ。冷蔵庫に鍋ごと入っとるで」

僕は不機嫌を露骨に表情に出していたと思う。が、姉は僕の方を見向きもしなかった。

「れんこんと里芋の煮物。作り過ぎたっていうもんでね」

聞かせるともなくそう言うと、姉は肩に提げた大きなエコバッグから巨大なタッパーを取り出して、そそくさと台所へ入って行った。

「よう作り過ぎてくれて、お蔭《かげ》でいつも助かっとんのよ。うちのパパが喜んで食べとるもんの半分以上はお母さんの作ったお惣菜《かず》だもんね。うちじゃ絶対にそれ、言わんようにしとるけど」

ひとりで喋《しゃべ》りながら冷蔵庫を漁《あさ》ったのち、姉は台所から茶の間に戻って来た。

「外へ出て、コーヒーでも飲んで来ん、隆明？」

正直なところ、店を続けたい、という母親の気持ちは、僕にはまったく理解しがたいものだった。

理容室はもともと、父親の両親、つまり僕の祖父母が経営していたのである。祖父が世を去ったのち、一人息子である父親は店を継がなかった。地元では最高峰の国立大学に入り、もっとも名を知られた自動車メーカーに就職した父親が、家業を継ぐ、と言い出すはずもなかった。

父親と母親とは見合い結婚だった。理容師の資格を取って店を手伝う。それが父親のもとに嫁いで来るときの条件だったという。母親の家庭は豊かではなく、じゅうぶんな嫁入り支度ができなかった。そのうえ、理容専門学校に通う費用まで父親の家から出してもらった。だから母親は、嫁、という以上に弱い立場だった。

「お父さんはまっとええ家のお嬢さんをお嫁さんにもらうこともできたんだで」

なにかにつけて祖母がそう言うのを聞きながら、姉と僕は育った。だが、結婚したとき、父親はすでに三十代の半ばを過ぎていた。母親とはひとまわり以上も年齢が離れていたのだ。それに、結婚相手を選ぶ余裕があったとはとうてい思えないような事情も抱えていた。

父親には、長く交際している女がいたのである。離婚歴のある女で、前の夫との間に子供がいた。それが理由で祖父母は父親とその女との結婚を認めなかったのだ。

そして、母親と結婚した後も、その女との関係は切れなかった。

独身のころ、父親は会社があるT市に住んでいた。家から通勤しようと思えば不可能な距離ではなかったのだが、残業も多いし往復に費やす時間が無駄だから、と、ひとり住まいを選んだ。そして結婚後もその生活を続け、単身赴任している。姉と僕はそう聞かされていたのである。

僕が物心ついたとき、すでに父親は家にいなかった。月に一回も帰って来ることはなかった。二ヵ月か三ヵ月に一回姿を見せる。父親というよりは、親戚のおじさんのようだった。

「元はといえば、お母さんが悪かったんだで」

母親がいつかそう話していたことがある。

「たあちゃんが生まれた後で、お父さんに言われたんだわ。T市について来いって」

祖母は猛反対した。当然だろう。店を手伝わせるために母親を理容学校に通わせたのである。

「おばあちゃんは、お父さんに帰って来て欲しかった。でも、お父さんの方では、おばあちゃんから離れたところで家庭を持ちたかったんだわね。好きな女のひととの結婚をとうとう許してもらえんかったから、お父さんにはその屈託があったんだわ」

祖母と父親との間で板挟みになった母親は、結局、店に残ることを選んだ。せっかく国家試験まで受けて理容師の免状をもらったのだから、一人前になるまで仕事をしてみたかったのだという。

「お父さんは気位の高いひとだったで、それが許せんかったんだわ」

だが、店を選んだ母親に対して、昔気質《むかしかたぎ》の祖母はまったく気遣いを示すことがなかった。

「あんた、お客さんにあの応対はないわ。うちは商売しとるんだで、まっと愛想《あいそ》ようせんといかんがや」

夕食のとき、母親をそう叱りつけたかと思うと、次の晩にはこうなじる。

「お客だからって、へいこらし過ぎだが、あんた。うちは床屋で、技術で商売しとるんだで、無理に愛想振《ふ》り撒《ま》く必要はあらせんのだわ」

むろん、母親はなにを言われても謝る一方である。だが、謝っても、祖母の小言は終わらない。同じことを何回も蒸し返しては一時間でも二時間でもぐちぐち言い続ける。母親は箸を置いてうつむいている。お惣菜はひからび、味噌汁《みそしる》は冷める。祖母の繰りごとをBGMにしたまずい食事を、姉と僕は黙々とかき込む。

「亭主の浮気を止められんのは、それは女房が悪いんだで」

ついにはそんなことを口走る。おそらく、祖母がいつも胆《はら》に抱え込んでいた不満は、とどのつまりはその一点に尽きたのだろう。

当時、姉と僕の間で、祖母の渾名《あだな》はひとつだった。すなわち「あのくそばばあ」だ。祖母としては孫の僕らに対する情もあったには違いないだろうが、その示し方を間違えていたというしかない。

祖母は僕が小学校に上がった年に亡くなった。それからの夕食の時間は和やかなものになった。というのは祖母に対してあまりに無情に過ぎるようだが、僕らにとっては紛れもない事実なのである。

祖母が死んでから、父親は盆暮れにすら帰宅することが少なくなった。実質上、僕らはほとんど母子家庭であったといえる。

時が過ぎ、定年を迎えても、父親はT市から帰って来なかった。

だが、八年前の姉の結婚式には、母親と並んで出席した。

名門大学を出て一流企業を勤め上げた父親を持ちながら、姉が高校中退で二の腕に髑髏《どくろ》の彫物がある三角君を結婚相手に選んだのは、一種の反抗であったのかもしれない。もっとも、三角君は立派に更生して、市内にある魚の卸売市場で働いており、早朝から塩辛声を張り上げている。さらに現在では幼稚園に通う一人娘の子煩悩なパパでもある。

結婚式のとき、父親と母親の間にほとんど会話は交わされなかった。新郎側の三角君の両親もすでに離婚していたから、こちらも伏目がちにむっつり押し黙っている。職場関係の招待客は楽しげで、友人たちも賑《にぎ》やかに、どこも明るく話が弾んでいる中、僕らのいる親族席だけは葬式ばりに重苦しい空気なのだった。

やがて、ウェディングドレスを着た姉と、ぜんぜん似合わないモーニング姿の三角君が、僕らのテーブルへキャンドルサービスにやって来た。

「やっとれんがや、この席。胃が悪くなりそうだで」

僕は姉に小声で救いを求めた。

「お母さんも苦しんどった」姉が僕の耳元で囁《ささや》いた。「ずっと気になっとるのに、お父さんに言えんのだって」

「なにを」

「お父さん、鼻毛出とるんだわ」

僕は滅多《めった》に着ない黒の留袖《とめそで》を着た母親の方を見た。眉根に力を込めて真一文字に唇を結んでいる。

「いくら夫婦でも、たまにしか会わんようになっとるひとでしょう。どうしても遠慮があって、そんで言えんかったんだわ」

後で母親はそう話していた。

「お父さん、澄ましとるもんで、よけいにおかしなってね。ずっと笑いをこらえとった。拷問だったわ、もう」

だからこの日、フロックコートでいかめしく威厳を示していた父親は、鼻毛を出したままT市に戻って行ったのである。

そして結局、帰って来ないまま、父親は死んだ。最期を看取ったのは向こうの女のひとだった。

父親はT市にマンションを買っていた。そしてまだ生きている間に、部屋も、退職金の大半も、内縁であり続けたそのひとに与えていた。そのことについて、母親が口にしたのは、ひと言だけだった。

「お母さんにはお店があるで、他には何もいらんの」

僕がまだうんと幼かったころは、十二月になると、店の前で家族写真を撮っていた。年賀状に使うためである。撮影のとき、僕はいつも父親の前に立たされた。背後にいる父親が僕の肩に手を置いた。まるで円満な親子ででもあるかのような写真が仕上がり、年賀状に刷られた。

いつの間にか、その習慣はなくなって、僕は心からほっとしたものだった。

ガラス扉の向こうで、客の洗髪をしている母親の姿が見えた。

姉は僕より少し前に立って歩いて行く。学校前のバス停留所を過ぎ、通りを折れて路地に入る。やがて寺の裏手に出た。小さな墓地の隣りに、柚子《ゆず》の実が黄色く生《な》っている。大きくなり過ぎたいくつかの実が地面に落ちている。天気がいいせいだろう。冬にしては暖か過ぎる陽気だった。だが、午後の早い日はそろそろ西へ傾き出している。

寺をめぐる山茶花《さざんか》の生垣の小路《こみち》を、姉はどんどん歩いている。一体どこまで行く気なのか、僕が訊こうとした刹那、振り返った姉が先手を打って訊ねて来た。

「自動車で来たんでしょう。どこに停めたの？」

この町は、どの鉄道の駅からも遠いのだ。歩いて一時間以上はかかる陸の孤島である。したがって移動はほぼ確実に自動車を利用することになる。自家用車がなければバスを利用するしかない。

「Yマートの駐車場」

僕は答えた。母親の家に来るときは、たいてい近所にあるスーパーマーケットの無料駐車場にこっそり停めておくことにしている。だだ広い空き地同然の駐車場で、駐車券も必要ないし、警備員もうるさくないから、店が開いている間は何時間でも停めておける。

「うちのパパも今、Ｙマート行っとるわ。娘連れて」

姉が言った。この町では、日曜日のスーパーマーケットは家族連れが集う立派なレジャー施設なのである。現在は休みのたびに名古屋駅の周辺や栄《さかえ》などの繁華街に出たがる妻も、改築が終わってこの土地に住むようになり、子供でもできたら、Ｙマートで休日を過ごすことになるのだろうかと、ふと考える。

小路を抜けると、テニスコートを併設した公園の前に出る。入口にバスの停留所があり、その横にみたらしだんごとたこ焼きの出店が出ている。姉の足はそこで止まった。

「おだんご買って来るで、ちょっとここで待っとって」

喫茶店に行くはずではないのか。そう言いかけてやめた。だんごを買う。揺るぎようもないその決意が、姉の眉宇《びう》にはっきりと表れていたからである。

「あんたは食べんの？」

「いらんよ」

店の脇にある自動販売機で缶コーヒーを買ってから公園に入り、ベンチに腰を下ろす。熱い缶を指先でつまみながら、プルトップを開ける。コーヒーはコーヒーでも、缶コーヒーか。だったら家でインスタントを飲んでいるのと少しも変わるところはない。店の方を見ると、姉が店員から整理札を受け取っているところだった。ま、昔から姉ちゃんは、ころころ気の変わりやすい女だったわな、と思う。

だんごの注文を終えて、ようやくこちらへ来た姉が、僕の前に立った。

「あんた、お母さんの望み、聞き入れたげる気はないの？」

いきなりそう言った。

「うん」

機先を制され、いささか戸惑いつつも僕は応える。

「俺はあの店、嫌いだで。お母んは人生のほとんどをあの店に縛られて来たようなもんだで、店を続けることにこだわるお母んの気が知れんのだわ」

姉は苦笑している。僕はさらに言い募った。

「お客だって、ひとり八百円の小学生ばっかりだわ。あとは、ろくに髪の毛も残っとらんような爺《じい》さんが、自己満足の調髪に来とるくらいでしょう」

「篠崎さんのこと？　あのひとは昔からお母さんのファンだでね」

それを聞いて、僕はやや不安になった。父親の葬式の際、焼香を終えた篠崎さんが満面の笑みを浮かべていた、と近所で噂《うわさ》されていたことを思い出したのである。篠崎さんのアパートに住んでいる間は、戸締りを厳重にすること。特に寝るときはドアにチェーンをかけておくこと。母親にはその点をよく言い聞かせておかねばなるまい。もしもということもある。

「大田《おおた》のおじさんもおるが。お母さんじゃないとあのひと好みのパーマはできん、言うとるし、うちのパパだってお母さんを贔屓《ひいき》にしとるよ」

「贔屓って、三角君の髪型は特殊だでいかんわ。あの、今どき演歌歌手でもせんような、きっついアイパー」

　姉ののんきな言い方に、僕は苛々《いらいら》した。

「このご時世に、そんなマニアックな客ばかりで、いつまで商売が成り立つと思っとるの、姉ちゃん」

「マニアックなんて言い方はせんでよ。パパはあれがいちばんカッコええ、信じとるんだで」

　姉がゆっくり反論して来た。

「あのひと、今でも相当やんちゃ者だでね。この前もナゴヤドームに野球観に行って、阪神《はんしん》ファンと摑《つか》み合いになりかけとった。あんまり悪く言っとると、そのうちぶっとばされるよ」

　髑髏が黒々と彫ってある、三角君のふとい二の腕を思い出して、僕は怯《おび》えた。洒落《しゃれ》にならない。

「姉ちゃん、大丈夫？　三角君にＤＶとか受けとらん？」

「大丈夫。あのひとはドメスティックな方向にはいかんで、よそでやってくれとる」

「ただのバイオレンスで済んどるんだね」

それならいいのだ。僕は話題を母親に戻した。

「毎日毎日、朝から晩まで、あの店だけに拘束されて、何もええことなかったまんまで、お母んは満足なんかな。俺にはようわからんのだわ」

「何もええことがなかった、いうのは言い過ぎでしょう。そら、おばあちゃんがまだ生きとった時分は大変だったと思うけど、亡くなってからは、お母さんも好きにやって来れたんだで。理容組合を辞めて、休日も変えたし、料金も変えたでしょう。あれでだいぶお客さん増やしたって、お母さんはずいぶん自信持ったと思うよ」

僕が黙っていると、姉が言った。

「それに、あんたが知らんことだって、お母さんはいろいろ経験しとるかもしれんでね」

「どういう意味?」

そのとき、姉が背後に鋭い視線を向けた。自分の番号が呼ばれたらしい。

「待っとって、隆明」

またか。僕はうんざりしながら片手を振った。

「とっとと行って来やあ、もう」

くるりと背を向けると、姉は店に駆け出して行く。ここまで来て、はじめてわかった。

姉は僕になにかを伝えようとしているのだ。何の話なのだろう。僕は苛々しながら姉が戻るのを待っていた。

「もう話してもええ時期だと思うんで話すけど」

やがて僕の横に腰を据えた姉は、そう前置きをしてから話し出した。

「あんた、中上《なかがみ》さん覚えてない？　近くのアパートに下宿しとらして、うちのお客さんだった大学生。年賀状に使う家族写真を撮ってくれてたひと。あんた、よう遊んでもらっとったよ」

覚えてはいなかった。だが、母親がまとめたファイルにあった一枚の年賀状を思い出した。自宅前で撮った四人家族の写真。差出人は中上という名前だった気がする。

「芸術大学の工芸科におったひとなんだけど、カメラが趣味でね。で、頼んだらしいんだわ。中上さんが来るまでは誰に頼んどったのか。私もまだ小さかったんでそれは覚えとらんけど、中上さんが在学中の四年間はずうっと頼んどったね。で、中上さんが卒業して実家に戻らしてからは、写真自体を撮らんようになった。それから一年も経たんうちにおばあちゃんが亡くなった、っていうのもあるけど、お父さんも薄々は察してたんだと思う。T市の女のひとの方に完全に入り浸りになったのも、あの後だでね」

「察してたって、なにを？」

「お母さん、中上さんと好き合っとったんだわ」

僕が絶句するのに構わず、姉は話を続けた。

母親は、その男と逃げるつもりで、家を出たことまであるのだという。

大きくもないボストンバッグにスポーツバッグ。二つの鞄《かばん》に何日ぶんかの着替えだけを詰めた。それが荷物のすべてだった。

「私のぶんとあんたのぶんの着替えを入れたスポーツバッグは、私が持たされたんだわ。荷造りだって私がしたんだで。もっとも、後で見たら下着を入れ忘れとったけど。あのまま家出が成功しとったら、困ったことになっとったろうね」

母親は片手にボストンバッグを持って、もう一方の手で僕の手を引いて、バス停まで歩いた。真冬の早朝、始発のバスが出る時刻だった。

「まだ夜は明けとらんかったね。星が光っとった」

学校前の停留所では家から近過ぎて、まだ眠っている祖母が万一眼を覚ましたら、見つかる危険があると思ったのだろう。母親は路地を抜けて、離れた停留所まで歩いた。

「お母さんはえらい早足で歩いたもんだわ。風邪ひかせたらいけんと思ったのか、私にもあんたにもずいぶん厚着させとったもんで、外へ出たときは頰っぺたも鼻も痛いように寒かったのに、歩いとるうち暑なって来たくらいだったわ」

だが、バスが来る前に、母親の家出は終わっていた。

「何で、そこでやめたの」

「本当に何も覚えとらんの」

姉があきれたように言った。

「あんたが大声出してぐずったんだがね。俺は絶対に行かん、て言って」

俺が？　問い返しかけて、ぼんやりと記憶が戻って来る。

父親がいるT市に行くのだと、母親からはそう聞かされていた。

おばあちゃんには内緒だで、絶対に言うたらいけんよ。

家を出て、学校前の通りを折れて、路地を抜けて、寺の裏に出た。葉の上に白く霜が降りた山茶花の生垣に沿って、公園前まで来た。そのころ、みたらしだんごとたこ焼きの出店はまだ存在しなかった。

さっき、あの朝と同じ道筋を、姉は辿《たど》っていたのだ。

「姉ちゃんは、どうしてそんなに事情をよう知っとるの。お母んが話したんか」

「まさか、お母さんが話すはずはないでしょう。私はあんたより三つも齢上《としうえ》だで、ぼんやりとだけど、何とはなしにわかっとったんだわ」

母親の言葉が嘘だと、どの時点で、なぜ気付いたのだろう。とにかく停留所の標示板にしがみつくようにして、僕は泣いたのだ。

俺は行かんで。父ちゃんとこへも、どこへも行かん。ここにおる。母ちゃんも行くな。行ったらいかん。

「それに、中上さんに会ったことがあるもん。もう十年近くも前になるけども」

結婚前、姉はインテリア関連のセレクトショップで家具のバイヤーをしていた。

「展示会で、偶然紹介されたんだわ、中上さんに」

そのひとは、郷里で木工家具の工房を経営していたのだった。

「お母さんところに届いとる年賀状を見とったもんで、顔を覚えとった、というより、知っとった。名刺ももらったもんで、すぐにわかったわ。それで誘って、一緒にお茶飲んだの」

昔の話より、現在のあのひとの気持ちを聞きたかったのだと、姉は言った。結局、母親は家に戻ったのだから、そのひとにしてみればいい感情を持つはずもない。それにしても、一緒に逃げようとしたほどの相手のところに家族写真を送りつけて来るなんて、ずいぶん残酷な仕打ちだと、姉は思っていたのである。

「だけど、中上さんが言うには、それはお母さんが望んだことなんだって」

別れる前、最後に会ったとき、母親はそのひとに言ったのだという。

あなたが結婚されたら、毎年、年賀状を送ってください。あなたの奥さんと、あなたのお子さんの写真を載せて。

「どうしてそんなことを言うのか、中上さんにもはじめはわからんかった。逆の立場だったら、ごめんだと思うわね。お母さんのことを思うようになってから、うちの写真撮るのはえらかったって、中上さん言ってみえたもの」

そのひとが黙っていると、母親は言葉を重ねた。

あなたがこの先、ええ方と巡り合って、幸せな家庭を築いていく。それを見届けさせてください。わたしはずっとあの店におります。あの場所を離れないで生きていきますから。

「お母さんらしいな、と思った」

そうだ。僕ははっきりと思い出していた。

そのひとは、夏には僕をプールに連れて行ってくれた。アイスキャンデーを買ってくれた。冬はスケート場に連れて行ってくれた。喫茶店で熱いココアを飲ませてくれた。

それが何年間も続いたものなのか、それとも一年か二年のことだったのか、それは覚えていない。だが、父親とは過ごしたことのない濃密な時間をそのひとと過ごしたことは確かだった。その場には友だちもいて、誰よりも速く泳ぎ、スケートリンクを滑走するそのひとを尊敬の眼で見ていて、僕を誇らしい気分にさせたのだ。

なぜ、今まで忘れていたのだろう。

日差しが弱まったのだろう。肌寒くなって来た。

「姉ちゃん」

僕は訊いていた。

「そのひと、篠崎さんの経営しとる、幸福荘に住んどったんじゃない？」

「そう。やっぱり覚えとるんだわね、あんたも」

そうだ。いつからか、僕は気付いていたのだ。母親がそのひとに向ける視線と、そのひとが母親を見返す眼差《まなざ》しの強さに込められた意味を。

だから、忘れたのだ。思い出したくもなかったから、思い出さなかった。

母親がたった一度、自分の人生を生きようとした。その瞬間、それを壊したのは僕だったのだ。

「お母んを縛っとったのは、俺だったんかな」

僕が言うと、姉が強い調子で返した。

「違うよ」

母親はそのひとに言ったのである。

あの朝、あなたが待っとってくれた駅まで行けんかったのは、隆明が泣いたことが理由ではないんです。それはただのきっかけに過ぎんかった。

——僕の生まれ故郷に行って、新しい生活をはじめよう。最初のうちは苦労をさせると思うけど、力を合わせて乗り越えていこう。理容師を続けるなら、そこで仕事を探せばええ。

あなたはそう言ってくれたけれど、わたしはやっぱり不安だったんです。知らん土地で、子供らを抱えて一からやり直す。その決心が、隆明が泣き出した瞬間、あっけなく崩れてしまったんです。

　母親が謝ろうとするのを、そのひとは遮った。

　――謝らんでください。謝られても、僕にはあなたが絶対に許せんで。

「中上さんにそう言われて、お母さんはえらかったと思う。お母さんは恋愛なんかそう何べんも経験して来なかったひとでしょう。もしかしたら、最初で最後だったかもしれんね。この街を離れて、一緒になろう。そう言い合ったときは本気だったのに、土壇場で裏切った。自分の身勝手で、中上さんを騙《だま》したことになってしまった。それでも一生に一度の気持ちを、お母さんは忘れたくなかったし、中上さんにも忘れんで欲しかったんだわ」

　思わず僕は呟いていた。

「それは、我儘《わがまま》だわ」

「我儘だ、ということがようわかっとるで、思い出すときには、痛みを伴う方法をお母さんは選んだんじゃないかって。中上さん、そう言ってみえた」

　そのひとは、続けてこう言った。

　――あなたのお母さんが、どうして私にそれを求めたのか。その、本当の理由に思い当たったのは、何年も経って結婚し、私自身が家庭を持ってからでした。自分の家族の写真を撮らせて、私に辛《つら》い思いをさせて来たから、それに対する贖罪《しょくざい》のつもりでもあったのかもわかりませんね。

母親からも年賀状が届くのかと、姉はそのひとに訊ねた。届きます、とそのひとは答えた。

「お店で出しとる印刷の年賀状があるでしょう。店の名前と住所と電話番号、それに、営業時間と地図が刷ってあるやつ。それが毎年、中上さんが家族写真を送りはじめた年からずっと返って来るんだって。それも、元旦には届かんの。お母さんは中上さんの年賀状を見てからはがきを返しとるんだわね。メッセージもなにもなくて、ただのダイレクトメールと変わらせんのだけど、中上さんはそれを見るのが一年に一度の楽しみなんだって。お母さんが元気でお店におる。そのことがわかるもんで」

そのひとにとって、母親はもう懐かしいだけの過去なのだろうか。だが、母親にとっては違う。

年賀状を受け取るたびに、もしかしたら得られたかもしれない、自分が失った未来を、母親は確かめ続けていたのだ。

「あんたが来るってこと、お母さんから聞いとったもんで、今日は来たんだわ。お母さんがおる前では言えんこと、どうしても伝えておきたかったもんだで」

言って、姉は僕の横から立ち上がった。

「お店、続けさせたげてや、隆明。お母さんにとって、あのお店で仕事を続けていくことは、あんたが考えとる以上に大きいことなんだわ」

東の空はもう濃紺に暮れかけていた。


丸川理容室、と書かれた扉の前に、僕は立っていた。

白々とした蛍光灯の明かりの中で、母親は客の髪にタオルを巻いていた。

「改築か、そら結構な話だで。たあちゃんも嫁さんもらってなあ」

大田のおじさんだった。母親はにこにこと頷いている。

「けど、床屋は閉めんといてよ」

大田のおじさんの言葉に、母親が応える。

「はい」

「絶対に閉めたらいかんよ」

大田のおじさんは真剣な口ぶりで繰り返した。

「あんたの他に、わしの髪を上手にやれるところはあらせんのだで」

姉が言っていたことを思い出して、僕はひとりごちた。お母んのファンか。そして気付いた。

これまで、僕はこのひとのどこを見ていたんだろう。少しもわかってはいなかった。

このひとは自分の人生をなにかに縛られたことなどなかった。自分の足で、自分の道を、確かに生き抜いていたのだ。

別れたそのひとに、毎年毎年、母親が送っていたのは、過去などではなかった。

わたしはずっとあの店におります。あの場所を離れないで生きていきますから。

母親が言ったというその言葉が、僕の耳にもようやく届いた。

一年に一回、送り届けられるそのひとの現在。そこから眼を背けることなく、自分自身の足取りを、何でもないダイレクトメールに託した。毎年一枚、その一歩一歩を刻みつけるようにして、僕の母親は生きて来たのだ。

選んだものと、そして、失ったものを確かめつつ、一生に一度の気持ちを、母親は守って生きている。だったら僕に協力してあげられることはたったひとつだ。母親の思いを妨げることだけは決してすまい。

あのとき、早朝のバス停でしたような真似《まね》は、二度と繰り返してはならない。それができるくらいには、僕も大人になったはずなのだ。

「本当いうとな」

大田のおじさんが言う。

「有名な美容師がおるって、孫が言うもんでよ。前にいっぺんだけ他の美容室に浮気したことがあるんだわ」

「ええですよ」母親が微笑する。「浮気したの、いっぺんだけでしょう？」

「いっぺんだけ。もう行かん。あんたにはすまんことだった」

大田のおじさんはいかにも申しわけなさそうに話している。母親が笑いながら視線を上げた。いくつになっても、よく笑うひとだった。ガラス越しに僕と眼が合う。

たあちゃん、と、唇が動く。

悪いことをしてなかなか中に入れない。先刻、母親が言っていたような表情を、今の僕は浮かべているに違いなかった。

言いたいことはたくさんあるけれど、言わなければならないのはただひと言だった。

ごめんなさい、お母さん。小さな子供に還《かえ》ったように、僕は下を向いていた。

不覚悟な父より

絵里《えり》。

この前は、いきなり怒鳴りつけたりして悪かった。

今日、お前がここにやって来たら、まずはそんなことから言わんとあかんのやろな、て、頭ではそう思ってる。

けど、うまくそれが言えるかどうか、お父ちゃんは自分でも自信が持てへんのや。お前の顔見たら、また腹立てて怒鳴り出してしまうかもわからん。

そら、落ち着いて話さなならんことなんは、お父ちゃんが何《なん》ぼ阿呆《あほ》でも、ようわかってる。お前も、そう思ってわざわざお母ちゃんの喫茶店を話し合いの場所に指定したんやろうから。

日曜の深夜から月曜にかけて長距離の仕事があって、次の日の火曜と水曜の今日は休みや。お父ちゃんが働いている運送会社では、以前は長距離の後でも一日しか休めんかったもんやけど、このごろは不景気のあおりで仕事自体が少のうなってて、二日勤務したら二日間は休み、てなシフトが当たり前になってる。体力的には楽やけど、生活は楽やない。まったく胃の痛くなる話や。

　ともかく、お前はその休みの日に合わせてお父ちゃんをこの店に呼び出した。今、お父ちゃんはカウンターの奥の席に座らされて、もう小一時間も、お前のお母ちゃん、つまり元の嫁はんにちくちく言われ続けてる。

「四時になったら、絵里が来るから、とにかく冷静にな」

四十歳を過ぎて、心身ともにいよいよ貫禄《かんろく》がついて来たお母ちゃんが、どっしりしたその躰《からだ》ごと、のしかかるように念を押す。

「ここはお店の中なんやし、大声出したらあかんよ。冷静に話すんやで、あんた」

　午後三時半、店内におる客はお父ちゃんの他に二組だけや。

　入口際のボックスに母子連れ。カウンターの手前の席には、ちょっと見ただけでは年齢の見当がつかんほど老いぼれたばあさんがひとり。

「ええ子やなあ」

　ばあさんは、ボックスにいる二歳くらいの男の子を、眼を細めて眺めてる。

「僕、いくつや？」

　訊《き》かれて、若い母親が息子に促す。

「いくつやったか、言えるやろ。言うてみ？」

男の子は、はにかんで下を向いて、答えない。

「これくらいの年ごろが一番ええなあ」

ばあさんが笑ってる。言葉と眼で固め技をかけて来るお母ちゃんから視線を外して、ばあさんと母子の様子を見るともなしに見てたら、横腹を強くどやされた。

「私の話、ちゃんと聞いてるんか、あんた」

お父ちゃんは低い声で答える。

「わかってるって」

「わかってないから、前に話したときは絵里と物別れになったんやろ」

お母ちゃんの現在のご亭主であるマスターは、ガス台を拭《ふ》いたり冷蔵庫を開けたり閉めたり、さっきから忙しくもないのにカウンターの中を動きまわって、話を聞かぬふりをしてくれている。

「絵里が言うとった。あないに怒ったお父ちゃんははじめてやったって」

「当たり前やろ。突然あないな話をされて、怒らん親がおるかい」

「あの子、すっかりしょげ返ってたわ」

そう言われると、お父ちゃんの気はいささか弱うなる。言い過ぎたかなあ、と思う。

「頼むから、もう少し大人になってや」

お母ちゃんが諭すように言う。

「あんたの気持ちはわからんでもないけど、少しは絵里の立場も考えてやらな。あの子かて、あの子なりに悩んだ結果、出した結論なんやから」

「ああ」

「あんたがいくらぎゃんぎゃんわめき散らしたところで、それで解決するような問題やないんやし」

そやけど、世間の、どんくらいの父親が冷静に話を聞けるもんなんかな。

十八歳になったばかりの自分の娘が、腹に子ができたから結婚する、言《ゆ》うたときに。

そもそもあんたは頭から絵里に偉そうな口を利ける人間やないやろ、と、お母ちゃんは続ける。

「私らかて、あの子がお腹《なか》におったから結婚したんやからね」

それを言われたら、お父ちゃんはよう言い返せん。そこで話の矛先を変えた。

「お前、会《お》うたことあるんか、その相手の男に」

「ある」お母ちゃんは頷《うなず》いた。「絵里に紹介された」

「どないな男や」

「どないな、て。まあ、男前とは言えんけどな。落ち着いた、ええ感じのひとや」

「そら落ち着きもしとるやろ。いくつや言うた、三十五？」

「もうちょい若いわ。三十三歳」

「変わらんわい」つい声が荒くなる。「どっちにしても、ええ年齢《とし》こいて十八の娘に手を出すような、ろくでもない野郎やないか」

「それ、あんたが言うのん？」

お母ちゃんがあきれたように眉を寄せた。

「この前、あんたが別れた彼女、何歳や言うた、二十三歳？」

また形勢が悪うなった。慌てて話題を元に戻す。

「今は俺の話やない。絵里のことやろ」

「確かに年齢はだいぶ離れとるけど、前の彼氏よりはずうっとええ思うけどな。なあ、あんた」

こう言うて、お母ちゃんが同意を求めたんは、お父ちゃんやない。カウンターの中のマスターや。

「何やて？」

お父ちゃんの声が思わず高くなる。マスターは困ったように眼を伏せていた。けど、こっちもそれに構うどころやない。

前にも彼氏がおったなんて、お父ちゃんはぜんぜん知らんかった。

「鼻に輪っかのピアスして、将来の目標はロックギタリスト、言うてたな」

「何やてえ」

聞いているだけで、腹から力が抜けていく。お前、よりにもよって、それはあんまりやないか、絵里。

「大学三年生や、言うとったけど、三浪したんでもう二十四歳。その年齢して、暇さえあれば携帯電話の画面見て、ゲームばっかりしとった。いかにも勉強のできなそうな子やった。あれとどうにかなったらどないしよ、思うて心配しとったんや。なあ、あんた」

お母ちゃんが再び同意を求めると、マスターはグラスを拭きながら無言で頷いた。

「よかったわ。どうもならんうちに、とっとと別れてくれて」

鼻に輪っかして、ロックで、三浪かい。あかん、めまいがして来た。

「前よりはええて、お前、そんな鼻輪した牛みたいな奴と較《くら》べてどないする。そら、誰かてましに見えるやろ」

そう言うと、お母ちゃんは叩《はた》くように言い返した。

「あんたかて、他人様《ひとさま》のことは言えんやろ。自分の若いころを考えてみたらどうなんや」

どうもあかん。お母ちゃんが相手では、とても太刀打《たちう》ちできんわ。お父ちゃんは立ち上がった。

「ちょっとあんた、どこ行くのん」

「便所や、便所」

お父ちゃんが座ってるスツールのすぐ後ろが便所のドアや。飛び込むように中に入ると、ドアを閉める間際、お母ちゃんがマスターにこう言ってるのが聞こえた。

「話が自分に都合悪なって来たもんやから、おっさん、逃げ出しよった」

確かにあんたは正しいわ、そう言うてやりたい。昔っからお母ちゃんの言いぶんは全面的に正しかった。だからお父ちゃんと別れたんやろな。そしてその後、マスターみたいなええひとと巡り合《お》うて再婚して、こうして仲良う商売してはる。

お母ちゃんが間違《まちご》うたんは、いっぺんだけ。お父ちゃんと結婚したときだけや。お母ちゃんの言うてた通りで、たいして必要に迫られてもないけど、便所に入った以上、することだけはしとかんともったいない。そんなせこい了見でちょろちょろとしょぼくさい小便をする。便器のタンクの上にある小窓は開いたまんまで、すぐ外を路面電車が通っていくのが見える。電車の中で吊り革に摑《つか》まって立ってる乗客と、眼が合いそうなほどに線路が近い。

昔、この路線を使うて、家族三人で初詣に行ったことがあったんを、お父ちゃんは思い出しとった。

あれは、お前が小学校一年生の正月やった。

住吉大社《すみよしさん》の、四つのお宮に五円ずつお賽銭《さいせん》を投げてお詣《まい》りしてまわって、お前は最後におみくじを引いた。吉やったか、末吉やったか、まさか凶やなかった思うけど、いずれにせよ、あんまりええ卦《け》やなかった。

「わたし、今年サイアクや。生きとるのん厭《いや》になった」

そんなこと言うて、膨れ面しとったな、お前。

「こうやって、ここに結んどけば、悪いことは起こらんようになるんやから」

宥《なだ》めながら、まだほっそりしとったお母ちゃんは伸び上がって、おみくじを木の枝に結びつけとった。

「ほれ、見てみ。みんなそうしてはるやろ」

「みんな、おみくじの結果が悪かったんかなあ」

「そうなんやろな」もっともらしく、お母ちゃんはええ加減な返事をしてた。

「そんなもんや」

「ふん、そんなもんなんか」

それで、お前の機嫌はようやく直ったみたいやった。

境内の、テーブルと縁台がいくつも並べられた大きな屋台で、お父ちゃんはビールを飲んだ。その横で、お母ちゃんとお前はプラスチックの器に入ったラーメンを二人分け合うて食っとった。

「うまいか」

「屋台の味や。こんなもんやろ」

と、小生意気な言い方してお前は頷いた。

「その瓶ビール、おいしいか、お父ちゃん?」

「そら、いつも飲んどるもんとはひと味違うわ。ここでこうして飲むんはお神酒《みき》やからな」

それから電車に乗って帰った。その線路の脇に建つ、この喫茶店は、三十年も前にマスターのお父さんがはじめた店やそうやから、そのころはすでにもうここにあって、マスターはカウンターの中でコーヒーを淹《い》れとったんや。

お父ちゃんがお母ちゃんと離婚したんは、その正月から二年も経たんうちゃった。走る電車の中とこの店の中と。数年後にどうなるか、まだお互いに何も知らんとすれ違《ちご》うておったわけで、それがどうにも不思議な気がする。

「足もとふらついとるで、お父ちゃん」

あの日、帰りの電車の中で、すっかり酔《よ》っ払《ぱろ》うたお父ちゃんを見上げながら、お前はそう言うた。

「昼酒がこたえたな」

お父ちゃんは機嫌よう答えた。

「ま、仕様《しゃあ》ないって、今日のはただのお酒やない。お神酒なんやから」

「ちゃんと吊り革に摑まっとらんと危ないで」

お母ちゃんがそう言うた途端、電車が揺れた。案の定、お父ちゃんは転倒《こけ》かけて、隣りにいた見ず知らずの兄ちゃんに凭《もた》れかかった。

「すんまへんなあ」

迷惑げな様子の兄ちゃんに謝りながら体勢を立て直していると、お母ちゃんが溜息《ためいき》をついた。

「みっともない」

すると、いたずらっぽい眼つきをしながら、お前は言うた。

「士道不覚悟《しどうふかくご》やな、お父ちゃん」

士道不覚悟、いうんは、お前とお父ちゃんの間でだけ通じる、いわば合言葉やった。

このちょっと前の時期、テレビで新撰組《しんせんぐみ》を題材にした連続ドラマが放映されとったんや。新撰組の局中法度《きょくちゅうはっと》を破った隊士は、士道に背いた、と見なされて、

「士道不覚悟」

そのように言い渡される。そして切腹を命じられたり、他の隊士によって斬殺されたりする。

「あ、また殺《や》られよったで、お父ちゃん」

「士道不覚悟か」

「士道不覚悟や。怖《おつそ》ろしいなあ、新撰組」

なんて口々に言いながら、お前とお父ちゃんは毎週楽しみに番組を観とった。

そのうち、お互いが何かあかんことをやらかすと、それは士道不覚悟や、言い合うのが、二人の間の約束みたいになった。

「切腹もんか」

言うて、お父ちゃんは笑った。

「お父ちゃん、助からんわ」

って、お前も笑っとったやないか。

鼻に輪っかの牛ギタリストに、三十三歳のおっさん。こないなことになるなんて、お父ちゃんは少しも考えとらんかった。

これも士道不覚悟やないんか、絵里。


今からちょうど一年前に、お前は高校を二年で退学した。

お前は、不良いうタイプやないし、引きこもりでもない。ただ、小さいころから学校が嫌いやった。

小学校一年生になったばかりのときも、ほとんど毎朝、腹が痛い、とか、頭が痛い、とか言うたりして、何とかして学校を休もうとしとった。挙句の果てはほんまに熱が上がるんやから、子供っておかしな能力があるもんやな。

「絵里は、躰の具合がどっかおかしいんやないか」

そう言うて、お前を病院に連れて行ったお母ちゃんは、後でぷりぷり怒っとった。

「レントゲンやら心電図やら、まる一日かけて検査して、お医者さんに結果を聞いたら、躰に異常はありません。絵里ちゃんは完全な仮病ですね、やて。赤っ恥かいたわ」

お前がもし悪い病気やったらどないしようって、お父ちゃんも最初は心配やったけど、それ聞いて大笑いした。

「笑いごとやないやろ、あんた」

「絵里が健康、いうことがわかっただけで上等や」

「そら、あんたはいつもいつも、後になって結果を聞くだけやから、それでええんやろけどな」

お母ちゃんには、そう皮肉られたっけ。

「学校辞めたいんや。ええかな、お父ちゃん」

家へ来て、お前がそれを切り出したとき、お父ちゃんは反対はせんかった。

「何かあったんか」

と、だけ訊いた。

「友だちおらんし、勉強もつまらんもん」

お前は、ちょっと困った顔をしてから、そう答えた。

お前が秀才なんかそれとも不出来な方なんか、それまでお父ちゃんはぜんぜん知らんかった。学期末になっても、お前は成績表をお父ちゃんのところに持って来んし、お父ちゃんから、成績表を見せろ、言うたこともなかったから。

「それは、子供に関心がない、いうことや」

お母ちゃんに言われたことはあるが、それは違う。

お父ちゃんたちが離婚し、お前がお母ちゃんに引き取られて、別々に住むようになってから、十年近く。電話や、眼がちかちかするような絵文字をぎょうさん使《つこ》うたメッセージで、今日は会えるかと、いつかてお前の方からこっちの都合を訊いて来る。そして週に一度か二度くらい、お前の元気な顔を見ることができさえすれば、お父ちゃんはそれで満足やった。成績なんか構《かも》うてられるかい、いう気分やった。

うまく説明できへんけど、それ、関心がないのとは違うんや。

「お前、友だちがおらんのか」

お父ちゃんには、そっちの方が気になった。

「仲がええ子、クラスでひとりだけしかおらん」

「他にはおらんのか」

「おらん。みんな、話合わんもん」

「そうか。ま、話の合わん連中と辛抱してまで仲良うする必要もないもんな」

「そやろ」お前は眼を輝かせた。「わたしもそう思うねん」

「それに、誰もおらん、いうわけでもない。クラスでひとりでもおればまだましと違《ちゃ》うか」

そんなことを言うたもんやから、後になってお母ちゃんに叱られた。

「そうやって、すぐに都合がええ方に、ええ方にと、安易に考えて物事を手っ取り早《ばよ》う片付けようとするやろ。そこが、あんたという人間の考えの足《た》らんところなんや」

そらそうかもわからんけど、足らんもんはもうどうにもならんやろ、今さら。

「勉強はできる方なんか、お前？」

お父ちゃんは、それまで触れたことのない、もう一方の話題に移っとった。というても、もうふた昔以上も前、お父ちゃんは地元で最低の阿呆ばかりが集まるんで有名な工業高校に通ってた。お前の成績をとやかく言える資格はない。

「そんなん、できるわけないやろ。クラス全部で三十九人おるんやけど、わたしの成績は三十八番目やもん」

「なるほどな」

えらいこと深く納得した。お前、間違いなくお父ちゃんの娘やな。

「で、三十九番目がお前の友だちなんやろ」

「何でわかったん？」

お前はまんまるな眼をしよった。

「お父ちゃん、超能力者みたいや。凄《すご》いなあ」

まあ、超能力がなくても見当はつくけどな。成績悪いもんは悪いもん同士でひっつく。だいたいがそういうことに決まっとるんや。

「お前が学校辞めたら、その子が可哀想なんやないか」

「貴代美《きよみ》は大丈夫。わたしと違ってつき合いええ子やし。それに、わたしが辞めたら順位が三十八番に上がるで、言うてやったらえらいこと喜んどった」

「本当に大丈夫なんか、その貴代美ちゃんて子は」

「だから、大丈夫な子なんやて」

「いや、アタマの具合が、や」

「失礼やな、わたしの友だちに」

お前は怒っとったけど、冗談抜きで、お父ちゃんには貴代美ちゃんの方が心配になってたくらいやった。だから、結局はこう言うとった。

「まあ、ええんと違うか。行きたくないもんを、無理して通うほどのこともないやろし」

「よかった」

お前は心底からほっとしたようやった。

「学校辞めるなんて許さへん。それはお父ちゃんの局中法度に反しとる。士道不覚悟や。そう言われたらどないしよ、思うてたんや」

「お父ちゃんの御法度は、そのへん融通が利くからな」

「やっぱ、お父ちゃんは話がわかるわ」

お前は喜んどったけど、正直なところ、お父ちゃんの側の事情、いうもんもあった。

このところ、仕事が多うないもんやから、収入はいつも基本給すれすれで、金の余裕がまったくない。外に飲みに行く回数を少なくして、家で飲むのは発泡酒、煙草《たばこ》の本数を減らして、昼飯は牛丼屋と、お父ちゃんなりの節約生活を送ってはおるものの、お母ちゃんに払うてるお前の毎月の養育費が滞ることすらあった。そんな体《てい》たらくやから、お前が中退したいというのを止めるどころやない。むしろ、お前がもの凄い優等生やったりして、どえらく金のかかる私立の大学に通いたい、と言い出された方が弱っとったと思う。

お父ちゃんは話がわかるわけやない。単に身勝手やっただけなのかもしれん。

それから後で、お母ちゃんの怒ったこと。

いっぺん、携帯電話に着信があったけど、仕事中やったんで抛《ほう》っておいた。そしたら、留守番電話に野太い声で伝言が入ってた。

「話があるよって、すぐに連絡してや。時間は何時でもええわ。どんなに遅うなっても待っとるから」

聞いただけで、ああこら怒っとる、それも激怒や、いうんが伝わる声やった。それで、お父ちゃんは連絡を返さんかった。都合のええことに、その日は長距離の夜勤が入ってたから、電話をかけられん理由はあったわけや。

そしたらその後、お母ちゃんは何度も何度も電話をかけてよこしよった。夜のまだ早い時間から夜中にかけて、最初は三十分おきくらいやったもんが、しまいには五分おきにかかって来た。

あんまり執拗《ひっこ》いもんやから、ついに根負けして電話に出た。

「もしもし」

とも言い終わらんうちに、お母ちゃんは激しくがなり出していた。

「あんた、絵里になに言うた。いったい全体、どういうつもりやのん」

「今、運転中や。これから仕事で新潟まで行かなならんのやけど」

その点を説明してやっても、ちっとも耳に届いとらん。

「要するに、あんたは無責任なんや。私は反対したんやで。ちゃんと学校を卒業しとかんと後になって後悔する、言うて。でもあんたは絵里に言うたんやろ。お前の人生なんやから好きにしたらええって」

「言うた」

「後悔するのは人生につきもんや。そんなことも言うたんやろ」

「それも言うた」

「そら、あんたの人生は後悔ばっかかもわからんけど、絵里にまでそれを許すことはないやろ」

　このまま黙って聞いてたら、お母ちゃんの罵倒はいつまでも続きそうや。お父ちゃんは適当なところで誤魔化すことにした。

「悪いけどな、お前が何かゴチャゴチャ言うてても、よう聞こえてへんねん。こっち山道やし」

「ちょっとあんた、まだ話は済んでへんで」

「もしもし、もしもーし。ああ、あかん。電波が届かんわ」

　お父ちゃんは通話を切って、携帯電話を助手席に抛り投げた。

　確かに無責任なんやろな、とは自分でも思ってた。

　お前が不幸じゃなくて、元気で生きとったら、それで上等。八百万《やおよろず》の神さんに感謝や。それしか、お父ちゃんは考えとらんかった。

そっから先に、お前の姿は見えてなくて、仕事とか金とかつき合うてる女のこととか、自分のことばっかり考えてる。

駄目な父親なんや、とは、自分でもわかってた。

学校を辞めてから、お前は真面目に働き出した。

「古うて、汚《きつたな》いお好み焼き屋なんやけどな。割に忙しいんや。最初は土日だけのパートタイム契約で入ったんやけど、今はフルタイムで毎日働いてる」

お前の口からそれを聞いただけで安心しとった。

「店長さんが優しいひとでなあ。働きやすい職場なんや」

そんな風にお前が褒めとった、そいつこそ問題の野郎やった。

つまり、お前はその優しい店長さんに赤ん坊を仕込まれてしまったわけで、親としたらちっとも安心しとる場合やなかったんや。

そして、今日になって、お母ちゃんに冷たく突き放されとる。

「絵里が学校を中退したときかて、あそこまで物わかりがええところを示したんや。今度のことに限って反対するのはおかしいやろ、あんた」

ごもっともや。けどな、こればっかりは理屈やないんやし。

お前が小学校三年生のとき、お父ちゃんとお母ちゃんは離婚した。

別れた原因は、一にも二にも、お父ちゃんの懲りない浮気。それだけが理由やった。

「絵里が産まれても少しも落ち着かんと、やりたい放題しとったもんな、あんたは」

今でもお母ちゃんがそれをよう言うとる。

「モテもせんのにいけ図々しく、次から次へと女漁《あさ》りして」

むしろ、昔からちっともモテへんかったから、いつまで経っても落ち着かんかった、と言える。

なにせ偏差値最低レベルの工業高校出身や。色気づいたころは、周囲に女の子がおらんかった。その上、卒業生の七割方が自衛官になる、というおかしな伝統がある剣道部の部員やったから、先輩の誘いを振りきれんで卒業後は同じ道を辿《たど》っとった。

自衛隊に入って二年間、またしても、まわりに女の子はほとんどおらんかった。健全な男女交際とはまったく縁がないまま、いきなり知ったんが、風俗街で行なわれとる不健全な男女交際の世界やった。

しかも、そこでもモテるとは到底言えたもんやなかった。

「坊さんと警察官《ポリ》と、それからあんたら自衛官は、ほんま、えげつないどスケベのトップスリーやわ」

その業界の女の子たちが顔を歪《ゆが》めて吐き棄《す》てとったくらいやったから、いかに嫌われとったか想像もつくやろ？

自衛隊を除隊した後、ここでも先輩の縁故を伝って運送会社に入った。製鉄所からあちこちの地方の工場へと鉄材を運ぶ仕事が中心で、お父ちゃんが入社したころは、まだ景気がそれほど悪くない時代やったから、そこそこに忙しかった。この仕事に土日はない。四日連勤ののち一日休み、っちゅうペースで四トンの中型トラックを走らせとった。

肉体労働の強みで、二十歳をちょっと出たばかりの割には高い給料をもらえた。金があって、若うて、自由の身なんや。暇さえあれば遊びに行っとった。風俗街で不健全に遊ぶばかりやない。同じ会社の事務員の、愛想がよかった女の子にも気を惹《ひ》かれた。それがお前のお母ちゃんやった。

「あんたはえらい強引やったもんな」

後になって、お母ちゃんが言っとった。

「帰り道で待ち伏せしてたり、教えもせんうちの電話番号を勝手に調べて毎日電話して来たり。考えてみたら完全なストーカー行為やんか。異常者や。今どきやったら訴えられとるで」

「気のある素振りしたんは、そっちのが先や」

「そんな真似はしてへんよ」

「したやろ。毎朝毎朝、俺の顔を見て思わせぶりに笑《わろ》うて、おはようございます、今日も安全運転でな、とか何とか言いくさって」

「それくらいの挨拶、誰にかてするに決まっとるやん」

お母ちゃんはあきれ返っとった。

「阿呆違うか、あんた」

ま、いささか早とちりしてた感はなきにしもあらずやった。なにぶん、女の子と普通に接した経験がなかったから、たかが挨拶ひとつで舞い上がってた。この女、いけそうやないか。そんな風に思い込んで、脇目もふらんと突進してしまったんやな。

それで、何やかんやでお母ちゃんと仲良うなって、あっさり孕《はら》ませた。籍を入れて、2LDKのマンションを借りて一緒に住んで、そして、お前が産まれた。

が、まがりなりにも一家の主《あるじ》となった後も、不健全な女遊びの方はちっとも慎まんかった。

仕事にかこつけて、お父ちゃんは午前さまや朝帰りを続けた。お母ちゃんの眼が三角になって来たのも当然の話や。

そこで、お父ちゃんを助けてくれたのが、お前やった。

「あのころのあんたらは憎たらしかったわ」

お母ちゃんはそう言う。

「夜中に帰って来ても、あんたは私の傍に寄りつきもせん。絵里の蒲団《ふとん》に潜り込んで、そのままたぬき寝入りや。どんなに呼ぼうが揺すろうが、あの子の蒲団から出て来やせんのやもん」

そうこうしとるうち、お前が横からこう言うてくれる。

明日にしてやりいな、お母ちゃん。お父ちゃんは疲れとるんや。

「そんなん知らん。お父ちゃんは、好きで遊んで勝手に疲れてんのや。そう言うて、引きずり起こしてぶっ叩《たた》いてやりたくても、絵里が見とる前では本気出して怒れんやん。ほんま、卑怯《ひきょう》やったわ、あんた」

お母ちゃんはそんなことを言うてたけど、お前の眼の前で、お父ちゃんは何度もお母ちゃんに引きずり起こされた。

「死んでまえ、この女たらしが」

なんて罵《ののし》られて、ぶっ叩かれもしたけどな。

そして、そんなひと騒ぎが静まってから、お前に慰められるんや。

「士道不覚悟や。お母ちゃんが怒るのも無理ないって、お父ちゃん」

それでも、お前という娘もおることや。銭金ずくの遊びだけなら、まだお母ちゃんも辛抱したかもわからん。

ちょっとしたことで、この女いけそうや、思い込んで食らいつく。そのパターンの方もまるっきりおさまらんかったんが致命傷やった。

あれは、お前が小学校三年生の夏やった。

仕事が休みの日に、家の近くの商店街を、お前と二人で歩いとったんや。あの当時、お母ちゃんはパートタイムで近くのスーパーマーケットに働きに出とったから、家におらんかった。それで、どっかに昼飯を食いに行こうとしてたんや。

まだ夏休みではなかったと思う。アーケードの下にはずうっと七夕飾りが続いとった。それでも昼間のあんな時間に一緒におったくらいやから、お前の学校も休みやったということになる。それにしても、あの日は何でお前と二人だけやったんやろ。土曜か日曜やったなら、お母ちゃんも一緒におるはずやし。よう覚えてへんけど、ひょっとして、お前、また学校をずる休みしてたんかなあ。

「なに食べる、お父ちゃん？」

「何にしよ。ラーメンか」

なにはともあれ、そないなことを言い合いながらぶらぶらしとったんや。

「暑いもん、ラーメンは厭やわ。別の物《もん》にせん？」

「うどんにするか」

「それって、同じことやないの」

お前がそう言うても、お父ちゃんは返事をせんかった。動揺していて、返事ができんかった、いう方が正しい。

クリーニング屋の前にある郵便ポストの横に立って、お父ちゃんをじっと見てる女がおったんや。

串揚《くしあ》げ屋で飲んどったときに隣り合わせて、意気投合して、なるようになってしもうた女や。もう三十歳過ぎてたけど、定職はなかった。

「あんまり長く勤めとると、気疲れが溜《た》まるんやろな。躰の具合が悪なって来るんや。自律神経失調症いうのん？」

それで、派遣会社に登録しとって、たまに短期で働いてる。自分ではそう言うとった。けど、知り合うた時点でも、後々になってからも、働いてる様子は見たことがない。

情緒不安定で、暇を持て余してる独身の三十女。

危ないのは眼に見えてるのに、お父ちゃんはまんまと網にかかってもうたんや。

その女が、この時間、こんなところに何《なん》でおるのか。考えるまでもない。張り込んでたに決まっとる。なにせ仕事しとらんのやし、暇だけは腐るほど持っとるんやから。

そのころ、お父ちゃんはこの女から逃げまわっていた時期やった。そんな刑事みたいな真似をするような女やから、それまでにも、家に無言電話はかけて来よるわ、会社におかしなファックスを流して来よるわ、他にもあれやこれやあって、おつき合いを遠慮したい気になっていたんやな。

お父ちゃんの様子から、異常事態の発生に気付いたらしい。昼食に関する話題はそこで止めて、お前も口を閉ざしていた。

女を無視して通り過ぎてから、小声でお前が言うた。

「こっち睨《にら》んどるで、あの女」

「見たらあかん」

前方だけを見ながら、お父ちゃんは早口で応じた。

「係わり合いにならんとこ」

「係わっとんのはお父ちゃんやろ」

後ろを睨み返しながら、お前はそう言うた。

「まったく、士道不覚悟やで。お父ちゃん」

返す言葉もなかった。

「安心してや、お母ちゃんには内緒にしとくから」

結局は、お前のそんな気遣いは無駄になった。

その後、お父ちゃんと離婚してくれ、と、その女はお母ちゃんに直接ねじ込みよったんや。

「ようわかりました。喜んで離婚させてもらいます」

それが、お母ちゃんの返事やった。

「あんたは、最初から最後まで、亭主にも父親にもなれへん男やったね」

その言葉を残して、お母ちゃんは、お前を連れて家を出て行った。

「お父ちゃん、また士道不覚悟やらかしたな」

別れ際に、お父ちゃんはお前にそう言うた。

「そんなんやない」

下を向いたままお前は答えた。

「お父ちゃんはただの、ど阿呆や」

なあ、絵里。

お父ちゃんは、お母ちゃんになに言われるより、お前のひと言がいちばん痛かったわ。

離婚の原因となった女とは、それから何年もごたごたしてから、ようやく別れられた。その女と係わっても、ええことなんかなにもなかった。お前の言うた通り、お父ちゃんはただのど阿呆やった。

お前たち二人が出て行った後の、２ＬＤＫのマンションに、お父ちゃんは今でも住んどる。

テレビも、こたつ兼用の卓袱台《ちゃぶだい》も、冷蔵庫も、電話も、お母ちゃんはみんな置いていった。洗濯機は、二年くらい前にいかれたんで買い換えた。それから電気ポットも壊れたんで棄てた。それ以外はお前たちがいたときのまんまになってる。お父ちゃんひとりでは広過ぎる家やし、家賃も無駄にかかってるとは思うけど、引っ越す気にはなれんのや。

「情けないわ。それって未練やないの」

つい最近までつき合うてた女には、そう言われた。

「いつまでもいつまでも未練たらしくして。とてもつき合いきれんわ。あんた、本当に女々しい男やね」

棄て台詞《ぜりふ》を食ろうて、愛想尽かされたんは、二ヵ月前のことやった。

お母ちゃんはあっさり再婚しよったし、帰って来るなんて期待は持ってへん。けど、お前は別や。いつ来てもええように、そのまんまにしてある。お母ちゃんが再婚してからはなおさらや。

厭なことや辛《つら》いこと、お母ちゃんには許してもらえんようなことが、もしもあったら、お父ちゃんのところへ逃げ込めばええように、お前の場所は空《あ》けてある。


時計の針は、三時五十分をまわったところや。

カウンター席に腰掛けとるばあさんが、ボックスの母子連れに話しかけてる。

「私なあ、今年で九十歳になりますのんよ」

若い母親は、笑顔で答える。

「そんなお年齢《とし》には見えないです。お若いですねえ」

ばあさんは息子の方を向いて、訊いた。

「僕、いくつや？」

ふと、お父ちゃんは首を傾《かし》げた。

この会話、さっきもしてなかったか？　既視感《デジャヴ》、いうやつかな。

「このくらいの年ごろがいちばんええわ。ちょっと育つともうあかん。すぐに憎まれ口を叩き出すもんな」

納得したようにひとり頷いてから、ばあさんは再び息子に訊ねた。

「僕、いくつや？」

これでわかった。既視感やない。あのばあさん、かなり耄碌《もうろく》して針が飛んでしもうてるんや。

母親もそれに気付いたらしい。困惑した面持ちであたりを見まわしはじめた。

「マスター、助けに行ったれや」

お父ちゃんは言うた。「あの子、困っとるで」

眼で応じたマスターが、水差しを持ってカウンターを出て行き、ばあさんと母親の間に割り込んだ。

水のお代わりはよろしいですか、なんて訊いてる、その様子を、お母ちゃんが皮肉な眼で見とった。

「あんたは本当に女の子には優しいな」

「女の子やない。あれは若奥さんやろ」

「同じことや。あんた、今はひとりで住んでるんか？」

「絵里からすっかり聞いとるんやろ。ひとりや。つい最近、生きのええのに逃げられたばかりやからな」

「寂しいやろなあ」

「ええ気味やと思うとるんやろ」

「ようわかったな。そう思うとる」

お母ちゃんはにんまり笑いよる。まったく腹の立つ女や。そう思いながらばあさんの方に眼をやると、相も変わらず繰り返している言葉が耳に入って来た。

「このくらいの年ごろがいちばんええわ」

そうかもしれんなあ、と思う。

「絵里がずっと、小さい子供のまんまでおったらよかったのにな」

思わず呟《つぶや》いていた。

「あんた、本気でそう思うの」

お母ちゃんが訊いて来たけど、お父ちゃんはなにも答えなかった。

お父ちゃんの帰りが何時になっても、温《ぬく》い蒲団の中で待っとってくれた。

お父ちゃんがヘマしたら、士道不覚悟や、言いながらも庇《かぼ》うてくれた。

そんなことを考えてたら、お母ちゃんが改まった口調で切り出した。

「あんた、知らんかったやろ」

「なにを」

「昔から、絵里は友だちがなかなか作れん子やった。学校でよくおるやろ。教室でも校庭でも、みんなの仲間に入れんで、休み時間にはひとりきりでぽつんとしておる子。絵里はそんなタイプの子やったんや」

「………」

まるで知らんかった。お母ちゃんの話を、お父ちゃんは呆然《ぼうぜん》と聞いていた。

「あの子が中学生のときやったかな、学校へ行ったふりして行かんことが続いて、学校の先生から連絡があったんや。そのときに問い詰めてみて、はじめて言うた。みんなに無視されたり教科書を隠されたり、いじめに近いことをされとったんやて」

「何でそれ、俺に言わんかったんや」

「絵里が、お父ちゃんには絶対言うなって言うたんや。心配かけたくないんやて。彼女のこととか仕事のこととか、ただでさえお父ちゃんにはいろいろ悩みがあるんやから、やて」

「そうか」

小さく呟いた。

お前もようわかってたもんな。お父ちゃんが、自分のことだけでいっぱいいっぱいの男や、いうことは。

「そうして、いつもいつも、私ばっかり心配させられとるんやから。ほんま阿呆らしい」

そのとき、カウンターに戻っていたマスターがぼそっと言うた。

「絵里ちゃんの彼氏、感じがちょっと似てるんですよ」

「誰に？」

問い返したら、返事をしたのはお母ちゃんやった。

「あんたに決まっとるやろ。本当に似とるんや。まあ、そこのところは、私がいちばん感心せん部分やけどな。中身まで似とったら、今度の話は絶対反対やけど」

お母ちゃんは言いたい放題や。お父ちゃんは黙ってた。

そんなん言われたら、理解するふりせんわけにはいかへんやないか。

「いつまでも子供のままではおらんし、おったらあかんのや。子供は子供で、案外、しんどいところもあるんやから。あんたかてそれはわかるやろ」

お母ちゃんが言葉を続けとる。

「絵里かていつまでも、あんただけの小さい娘やない。あんただけを庇うて、あんたただ

けを守って生きていくわけにはいかんもん。もう、どっかで手は離してやらな。それで
あの子も一人前の女になるんやし」

ああ、わかってるって。ようわかってる。

お前が誰かを好きになって、一緒になって、子供を産んで。

ひとりの女として、それが幸せなんやし、納得せなあかんとは思うとる。

「俺ら、この年齢でジイサンバアサンや」

それだけを、ようやく口にすることができた。

「だから大人になれ、言うてるやないの。あんたもお祖父《じい》ちゃんになるんやから、いつ
までも悪さはできんいうことや」

お母ちゃんは嬉《うれ》しそうに言いよる。

「ええ気味、思うとるんと違うか」

「ようわかったな」

お母ちゃんは心の底から楽しげに笑いよった。

「そう思うとるよ」

このイケズのおばはんが。むちゃくちゃ腹立つけど、言い返せへん。

絵里。

もうじき四時になる。お前が来る時間や。

お前に言う言葉、ひとつだけ決めてあるわ。

その野郎とあかんようになったら、いつでも帰って来てええからな。

のっけからそう言うのは、間違うとるんやろなあ。けど、それしか、お父ちゃんにはよう言えん。

いつでもお前の帰る場所はあるからな。

今日、お父ちゃんは、それだけ言うて家に帰ることにする。

それから、ちょっと気い早いし、祝い、いう気分には正直なれんけど、お前のためのお神酒を飲む。

お神酒いうても、ま、発泡酒やけど。その後は、蒲団かぶって寝るだけや。

お前もよう知っとるように、お父ちゃん、女に逃げられたばかりで、ひとり身やしな。

あんた

一

　その電話は夕方、店開け前の忙《せわ》しない時間にかかって来た。受話器を取ったのは、パートの佐代《さよ》ちゃんである。

「佳苗《かなえ》さん、電話」

　相手の言葉遣いが無礼なものだったとみえ、佐代ちゃんまで突慳貪《つっけんどん》になっている。

「誰から？」

「病院だとか言ってますけど」

「病院？」

　心当たりなんかなかった。そう、あんたの他は、だ。

　案の定、佐代ちゃんを怒らせた電話口の向こうの女は、わたしの名前を確かめた後で、すぐにあんたの名前を言った。

「坂口哲正《さかぐちてつまさ》さん、ご存じですよね。ご親戚なんですか」

「存じてはいますが、親戚ではありませんよ」

だが、女はわたしの返事なんか聞いちゃいなかった。

「ご親戚でいらっしゃるんですよね」

決めつけておいて、あんたが倒れて病院に運び込まれた、ということ、身寄りの者の連絡先を訊《き》いたら、この電話番号を教えたこと、それだけを一方的に伝えた。

「ですから、早めにこちらへいらしていただきたいんです」

「行きます。で、坂口さんの具合はどうなんです」

「あまりいいとは言えません。入院しておられますからね」

わかりきったことを、女はぶっきらぼうに答えた。わたしの訊き方も悪かった。具合がよければ倒れるはずがないのだ。

「すぐに伺います。病院の場所はどこなんでしょうか」

所在地を聞いて耳を疑った。愛知県だというのだ。東京からはるか三百キロ。なにもわざわざそんな遠方まで行ってから倒れなくてもいいのに。

「いったい、どこで倒れたんです」

わたしが訊くと、女は抛《ほう》り投げるように答えた。「競馬場です」

「でしょうね」

あまりにもあんたらしすぎて、心底から納得した。あんたのことだ。競馬のためなら三百キロ先まで出かけて行ってもおかしくはない。

「東京からみえるのでは、今日はもう遅いですね。面会時間が過ぎてしまいます」

女が言うので、明日行く、と答えた。そう言って電話を切ると、佐代ちゃんが眉間《みけん》にくっきり縦皺《たてじわ》を寄せてわたしを見ていた。

「そういうわけだから、佐代ちゃん。明日一日だけお店を頼める？　夕方までには帰って来られるとは思うけど、もしもってこともあるから」

「それは構いませんけど」

けどお、と、語尾を異様に伸ばして応じる。表情からみても、佐代ちゃんは明らかに反対なのだった。

「佳苗さん、人がよすぎやしませんか。だって、身内でもないひとじゃないですか」

「そりゃそうだけどね」わたしは佐代ちゃんを宥《なだ》めるように言った。「兄のようだといえばいえるし」

「兄じゃないでしょう。美恵《みえ》姉さんが亡くなって、もう何年にもなるじゃないですか」

「恩があるといえばあるし」

「昔、お金を借りたことがあるっていうんでしょう。今までに、もうその何倍も返しているんじゃないんですか」

　佐代ちゃんはなかなか得心しない。彼女はわたしより五歳も齢下《としした》だが、離婚歴あり。人生経験においては自分の方がはるかに上だ、と考えている。そして、佳苗さんは見ていて危なっかしい女だ、というのが彼女の口癖である。

「佳苗さんは、いかにも結婚詐欺に遭いそうなタイプです」

　そう言いきられたこともある。まあ、否定はできない。そうかもしれない。

「だからといって、こうして連絡を受けた以上、抛っておくわけには行かないでしょう」

　こう言って、わたしはこの会話を切り上げようとした。が、佐代ちゃんの眼は、抛っておけばいいのに、といっていた。

「おじさんが知ったら、怒りますよ」

　そうだった。父ちゃんはあんたの天敵だ。わたしは慌てて言った。

「もし父ちゃんから連絡があっても、このことは内緒にしておいてよ」

「言えやしませんよ。何で止めないんだって、こっちが怒鳴られる」

　東京を出る前に、貯金を下ろさなければなるまい。即座に退院、ということはまずないだろうし、すぐには支払わないにしても、用意だけはしておいた方がいい。あんたはどうせ国民健康保険料なんか納めていないんだから、病院ではかなりの金額を請求されるに決まっている。

夜になってから雨が降り出したせいか、客の入りは悪かった。店の営業を終えて床に就いても、雨の音が耳についてなかなか寝付かれなかった。

眠れない夜は、とにかく目蓋《まぶた》を閉じておくことにしている。だから、寝たのか寝られなかったのか、自分でもよくわからないまま朝になっていた。


前夜の雨はすっかり上がっていて、十一月の高い青空が広がっている。

午前十時過ぎ、東京駅発・新大阪行きの東海道《とうかいどう》新幹線はすいていた。わたしは自由席の窓側に難なく腰を下ろすことができた。このとき、つい富士山《ふじさん》が見える側の二人席を取ろうとしてしまうのは、一種の貧乏性なのだろうか。

プラットホームの売店で缶ビールを買ってある。酒の気分にはなれないのだが、わたしはビールを開けて飲んだ。いくら焦っても、あんたに会えるのは二時間以上先のことだ。

新幹線が音もなく動き出す。車窓の外に景色が流れる。

有楽町《ゆうらくちょう》駅を通過する。駅前がまだ小さな店がごみごみと建て込んだ小路だったころ、ここで姉ちゃんと会った。今風でお洒落《しゃれ》、とはお世辞にも言えない古びた喫茶店で紅茶を飲んで、お土産《みやげ》にケーキを買った。それから山手線《やまのて》に乗って、姉ちゃんの住むマンシヨンの一室に行った。

わたしが高校二年生のときだった。あれから二十年以上も経《た》つのだ。二十年の間に再開発が進んで、東京の街はどこも綺麗《きれい》なよそ行きの姿になった。だが、あのころは寂れかけた商店街があって、路地裏には大小の植木鉢に囲まれた木造の古い家屋が並んでいて、そこからダボシャツにステテコ姿のお爺《じい》さんが雪駄履《せったば》きで出て来るような風景がまだたくさん残っていた。

わたしたち姉妹が生まれ育ったのも、そして、姉ちゃんのマンションがあったのも、そんな街だった。

チョコレートケーキとシュークリームとチーズケーキと、お土産は三個買った。その数が不思議だったが、姉ちゃんの部屋に行って、理由がわかった。そこにはあんたが転がっていたのだ。

秋のはじめとはいえ、ほとんど裸だった。全裸ではなかっただけややましである。そのくらいの格好だった。

あんたは部屋に置かれた二人掛けのソファの上で、窮屈そうに躰《からだ》を横たえていた。当然、ソファからは毛脛《けずね》が突き出ていた。瞬間、見てはいけないものを見てしまった気がしたが、1DKの狭い間取り、そのうえダイニングキッチンと居室を仕切る引き戸は開け放たれたままだったから、あんたの姿を視野に入れないわけにはいかないのだった。

「これ、いもうと」

とだけ、姉ちゃんはあんたに言って、買って来たケーキをダイニングキッチンのテーブルに並べ出した。

「食べな」

わたしに勧めてから、姉ちゃんはあんたを見返った。

「哲正」声が甘くなる。「あんたも食べるでしょ」

「食えねえよ」

「まだ二日酔いなの。いい加減にしなさいよ」

うわあ、姉ちゃんが女になっている、と思う。気色が悪い。わたしはいたたまれない気分だった。

「仕方がない、佳苗が食べな」

わたしの方を向くと、子供のころからのぶっきらぼうな姉ちゃんに戻る。当たり前ではあるが。

「姉ちゃんも食べようよ」

「あたしは要らない。ふとるから。あんた、全部食べていいよ」

わたしがふとるぶんには構わない。いかにも姉ちゃんらしかった。

「彼氏?」

わたしは小声で訊いた。

「ヒモだよ」

姉ちゃんは大きな声で答えた。どう反応していいかわからない。かねてからその存在を耳にしてはいたが、本物のヒモというものを生まれてはじめて見た。しかもそれが姉ちゃんの恋人であったとは驚きである。正直な感想はそんなところだが、まさかそれを口に出すこともできない。

わたしが黙っていると、姉ちゃんが訊いて来た。

「あんた、男いるの」

「いない」

「だろうね」姉ちゃんは軽蔑《けいべつ》しきったように言った。「もうちょっと痩《や》せないと、男は寄って来ないよ」

だったらなぜケーキを勧めるんだ。しかも三個も。そう思いつつ、この屈辱的な言葉にも、わたしとしては耐えるしかなかった。もうケーキはしっかり胃袋におさまってしまっていたからである。

帰り際、姉ちゃんはわたしの腕を摑《つか》んで、真剣な声で言った。

「あたしがこんな風に暮《く》らしているなんて、父ちゃんに言うんじゃないよ」

姉ちゃんの気迫に圧《お》されながら、わたしは頷《うなず》いた。姉ちゃんがヒモと同棲《どうせい》中、なんて、父ちゃんに言えるはずがないではないか。

だが、わたしが話さなくても、姉ちゃんのことを父ちゃんは知っていたのだ。

「美恵は銀座《ぎんざ》に勤めてるんだろう」

わたしの知らないことまで父ちゃんは知っていた。男と一緒に住んでいる、ということも、父ちゃんの耳にはしっかり入っていた。その男というのが、あんたというヒモであることも。姉ちゃんの幼友だちから、その親へ。親から近所の誰かへと。この街ではすぐにこういう噂《うわさ》は伝わるものなのだ。

「美恵は馬鹿だな」

父ちゃんは酔っ払うと、そう言っていた。

「会ったらただじゃおかねえよ。美恵も、その野郎も」

姉ちゃんとわたしは、都心に残った、置き忘れられたような街で生まれ、大きくなった。

その昔、父ちゃんはこの街に来て、おでん屋を開業した。

おでん屋も高級店から屋台の店まで幅広く存在するが、父ちゃんが開いたのは両者の中間、というより、かなり屋台よりの店である。間口の狭い店の軒先に四角い銅の鍋《なべ》を出して、朝から晩までおでんをぐつぐつ煮込んでいる。鍋の前にはデコラの台とビニール張りの座面の丸椅子が三つ置いてある。そこが日中の客席である。夜になると奥の土間を開放する。といっても、そこにも店先と大差ない安っぽいテーブル二つと丸椅子が並べてあるだけなのだが。昼間は子供が一個二個と立ち食いに来て、夕方は鍋を抱えたおばあさんが買いに来て、夜は会社帰りのおじさんが立ち寄って一杯ひっかける。夏場は氷屋から買った氷の塊をぶっかいて、かき氷も出す。そんな店だ。

店の二階がわたしたち一家の住居になっている。二畳の台所に、四畳半と六畳の二間しかない家である。

古くからの住人たちばかりの街だった。よそ者の父ちゃんが入って生きて行くのは、大変だったと思う。父ちゃんは正月の三が日以外は休まなかった。夏休みもどこかへ連れて行ってもらった記憶はない。

「商売をしている以上、何日も店を空けるわけにはいかないだろう。商売を休んで遊べないからって、不平を言っちゃ罰が当たる」

父ちゃんはいつもそう言っていた。

「お前たちはこの商売で飯を食ってるんだからな」

父ちゃんは生まれ故郷への里帰りというものをしたことがなかった。祖父母は父ちゃんがまだ学生のときに亡くなっていたし、兄妹《きょうだい》もいなかったから、帰る家もなかったのだ。

母ちゃんは、わたしが小学校に上がる前に出て行った。

小さいころは姉妹二人、母ちゃんと会って食事をしたりもしたけれど、わたしが中学に上がってからはそれも少なくなった。母ちゃんは再婚して男の子を産んだのだ。わたしや姉ちゃんと会うときも、母ちゃんはその子を連れて来るようになっていた。

ある日、母ちゃんたちと別れた後で、姉ちゃんが言った。

「そろそろいいよね、佳苗。母ちゃんを楽にしてあげようよ」

わたしは頷いた。寂しくはあったが、当時、四歳年上である姉ちゃんの言葉は絶対だったのだ。

毎日、学校から帰ると、姉ちゃんとわたしは父ちゃんの仕込みの手伝いをした。もっとも、大したことはできなかった。たまごやじゃがいもを茹《ゆ》でたり、揚げ物に熱湯をかけて油抜きをしたり、薄揚げに餅《もち》やうずらのたまごを詰めたり、その程度のことだ。大きくなるにつれ、姉ちゃんは手伝いを怠けるようになり、そのぶんの皺《しわ》寄《よ》せがわたしにまわって来た。わたしは不器用で、父ちゃんを苛々《いらいら》させた。たまごを茹でる。そのことがまずできないのである。

「黄身が片寄ってる。茹でるとき、忘れずに鍋を揺すれと言っただろう」

叱られて、次の日は鍋を盛大に揺する。すると、たまごの殻が割れて白身が飛び出す。

「爆発した」

わたしはしおれてそう報告する。

「酢をちゃんと入れてから茹でたのか」

忘れていた。そのわたしの表情を見て、父ちゃんは嘆息する。

「美恵はいつも鏡ばっかり見て、隙《すき》さえあれば髪の毛をいじくってやがったが、お前よりはちゃんと仕事をしたぞ」

姉ちゃんは、父ちゃんの商売を嫌っていた。それ以上に、この街を嫌っていた。

「薄汚い奴らばかりの、薄汚い街だよ」

吐《は》き棄《す》てるように言うのだ。

古い木造家屋が軒を並べるこの街では、住人の多くは住居に風呂《ふろ》を備えていなかった。わたしたちの家にも浴室はない。だから近くの銭湯に通っていた。そこの脱衣所は近所のおばあさん、おばさんたちの集会場所みたいなもので、姉ちゃんやわたしはよくからかわれたものだった。

「あんたたちは姉妹揃《そろ》って色が黒いよねえ。昆布の屑《くず》とか煮詰まったこんにゃくばっかり食わされて育ったからじゃないのかい」

姉ちゃんは、こうした言葉のひとつひとつに対して神経質だった。

「お前の家の親父はケチだから、古くなった具は棄てないで煮直してから客に出す。あの大根は三年前のだ。食ったら食中毒起こすってね。そんな面白くもおかしくもないことを言っておいて、こっちが怒りゃ洒落だっていうんだ、あいつらは」

小さいころから勉強がよくできて、都立の名門といわれる高校に進んだのに、姉ちゃんは大学進学をしなかった。卒業後はすぐ都心のデパートに就職し、家を出ることを決めてしまった。

父ちゃんは優等生の姉ちゃんが自慢だった。だから姉ちゃんの決めた進路にも自立にも反対した。

「壁まで茶色く煮詰まっちゃってるような、こんな家にはいたくない」

大喧嘩《おおげんか》の挙句、父ちゃんにこの棄《す》て台詞《ぜりふ》を投げつけて、姉ちゃんは出て行った。わたしの知る限り、それきり、姉ちゃんが店の敷居を跨《また》いだことはない。

一方で、父ちゃんはわたしに期待を抱いてはいなかったから、気が楽だった。ただ、不肖の娘であるわたしとしても、多少の親孝行は考えなかったわけではない。商業高校に進んだのは、店の帳簿を任されてもいいように、という気持ちもあったからだ。

だが、わたしの成績表を見た父ちゃんは渋い顔をした。

「お前の気持ちはありがたいが、人間には向き不向きってものがあるんだよなあ」

お前がうちの帳簿を預かったら、一発で税務調査が入って、追徴課税を受ける。そうまで言われては、手伝うに手伝えない。一応の資格は取ったものの、高校を出てからは経理の会社に勤めることになった。

姉ちゃんがいつデパートを辞めて水商売に鞍替《くらが》えしたものか、それは知らない。

あれは、就職して間もないころだった。

わたしが会社から帰って来たとき、店の前をあんたがうろうろしていて、驚いたことがあった。

「佳苗ちゃんよ」あんたの方から声をかけて来た。「姉ちゃんは帰って来てねえか」

「いないんですか」

わたしはとぼける。その時期、姉ちゃんはあんたから離れて、別の男と一緒になっていた。それを少し前、姉ちゃんに聞かされて知っていたのだ。

「もし連絡があったら、報《しら》せますよ」

「悪いな」

あんたは不景気な表情をして立ち去った。

「あいつは何だ」

店先から顔を覗《のぞ》かせていた父ちゃんが苦々しげに訊《たず》ねた。

「姉ちゃんの」

彼氏、と続けるより、父ちゃんの方が早かった。

「ヒモか、やっぱり、あの野郎」

父ちゃんは外に出て来て、あんたが去った方を睨《にら》みつけた。

「最近、よく見かけるんだよ。お前、あいつを知ってるのか」

「知ってる。いや、知ってるってほどじゃない。よく知らない」

わたしは慌ててわけのわからない弁解をした。

「このあたりをうろつくんじゃねえ、次に会ったらそう言っておけ」

わたしの言葉は、父ちゃんの耳には入っていないらしかった。

「今度、あの野郎の面を見たら、水ぶっかけてやる」

このころから、父ちゃんに、あんたは野良猫なみに思われていたのだった。

二

あと何分かで名古屋《なごや》駅に到着する、という車内放送で、眼が覚めた。せっかく窓際の席を取ったのに、わたしは眠っていて、富士山を見逃したのである。

佳苗はまったく要領が悪いんだ。いつもそうだよ。

今、姉ちゃんがわたしの隣りに座っていれば、そう言って笑うだろう。

あんたと別れては、またよりを戻す。姉ちゃんは何回もそれを繰り返していた。

「今度こそは本物だ、と思って飛び出すんだけどね」

後になってから、姉ちゃんはわたしにこぼす。

「どの男も最初のうちだけ。最初はうまいことを言うんだよね。でも結局、みんな、働かなくなっちゃう。哲正と一緒。だったら哲正の方がましじゃないか。それで元に戻っちゃうんだよ」

時々、姉ちゃんに誘われて、外に出かける。姉ちゃんには言わなかったけど、わたしはそれを父ちゃんに隠したことはなかったのだ。

「美恵にあんまり金を使わせるんじゃないぞ」

そう言って、小遣いまでくれたから、わたしにとっても都合がよかったのである。それでいて、姉ちゃんに会えば、わたしは財布など出したことがない。かなりちゃっかりと生きていたのだ。

週末になると、姉ちゃんはやたらとわたしを呼び出した。会うのは部屋とは限らない。喫茶店や飲み屋に限るわけでもなかった。競馬場、なんていうこともあって、いささか困惑させられることがあった。

「姉ちゃんは競馬が好きなの？」

「つき合いだよ。今日はＧⅠだろ。お客と話を合わせないといけないから」

結局のところ、姉ちゃんは商売熱心なのだった。そんなところは誰よりも父ちゃんに似ていたのだと思う。

姉ちゃんと出かけるときは、大抵あんたもその場にいた。

五月の晴れた日曜日の朝、電車の座席に三人並んで腰をかけているのは、考えてみればおかしな光景だった。あのころ、姉ちゃんはどうしていちいちわたしを呼んだのだろう。また、わたしもよく厭《いや》がりもせずつき合ったものだと思う。

「今度の日曜日、空いてない？　どうせ暇なんだろ」

そう決めつけられると、うん、と頷くしかない自分が情けなくはあった。そのころ、わたしはわたしで、職場の男と恋愛中だったのである。が、わたしの恋人には奥さんがいて、幼稚園に通う子供がいて、つまり日曜日には会えないひとだった。だから姉ちゃんの言う通り暇だったのだ。

電車の中で、姉ちゃんはわたしにばかり話しかけていた。

「あんたは本当に晩生《おくて》というか、出足の遅い子だね。まだ彼氏はいないんだろう」

わたしは否定しなかった。姉ちゃんに自分の恋愛事情を話したことはなかった。たとえ話したところで、姉ちゃんが興味を持って耳を傾けてくれることはあるまい。わたしは無口な方ではないが、姉ちゃんに対しては子供のころからずっと聞き役だった。

あんたは競馬の専門紙ではなくスポーツ新聞を手に持っている。だが、それを読むでもなく、ぼんやりと視線を車内に泳がせていた。

郊外の駅を出ると、綺麗に並木道が整備された大通りに出る。木々の青葉が日を照り返して、眼に痛いほどだった。

姉ちゃんが少し前を歩いているあんたに声をかけた。

「神社に寄ってよ」

あんたは振り向かずに、ああ、と声だけを返した。

「神社？」

「前に、ここの神社でお詣りしてから馬券を買ったら、うまいこと当たったんだよ」

「本当に？　凄《すご》いね」

「まあ、メインレースは外したんだけどさ」姉ちゃんは自慢げに言う。「最終レースで穴を当てたわけよ」

「たくさん儲《もう》けた？」

「それまでの負けがあるから、とんとんだね」

姉ちゃんは明るく答えた。

「メインまで、ずっと外してたから」

それは本当にご利益があると言えるのだろうか。疑問に思ったが、反論はしないでおいた。とにかく姉ちゃんは信じているのだ。

大通りの突き当たりにある立派な鳥居を潜《くぐ》って境内に入ると、参道の両側には多くの屋台が並んでいた。りんご飴《あめ》、ハッカパイプ、たこ焼き、じゃがバター。見ているだけでお腹が空《す》いて来た。だが、まだ時間も早いせいだろう。店開きをしている屋台はない。

奥の神殿で、姉ちゃんに合わせて、わたしもお賽銭《さいせん》を入れて柏手《かしわで》を打った。あんたは少し離れた大きな銀杏《いちょう》の木の下で待っていて、神殿には近寄らなかった。

「哲さんはお詣りしないの」

「あいつはいいんだよ。賽銭でのは自分のお金を払わなくちゃ、効果はないの」

広い競馬場のスタンドに入り、隅の方に歩いて行く。姉ちゃんもわたしも勝手を知ったあんたの後についていった。姉ちゃんはいまいましげに言った。

「まだ場所は空いているんだから、真ん中に座りゃいいのに、そういうところからして肝っ玉が小さいんだよ、哲正は」

場所を取った、といっても、あんたはじっとしていることがなかった。座った、と思った途端にいなくなった。姉ちゃんは正門脇で買った競馬新聞を見て、さっさと馬を決めて、三頭ボックス、千五百円ぶん買って来て、とわたしに命じた。

「ついでにビールもね。あんたのぶんも買っていいから」

ここでようやく気付いた。わたしは使い走りのために今日は連れて来られたらしい。

「これから暑くなるよ。まだこの時間なのに、日差しがかなりきついからね。日焼け止めを塗って来ておいて正解だった」

そこは大事な点である。同じ女として、この場に来る前にわたしにも忠告しておいて欲しかった。だが、姉ちゃんはまるでそこには思い至らぬ態《てい》で、涼しい顔をしている。やれやれだ。わたしは馬券売り場で馬券を買い、売店でビールを買い、姉ちゃんの傍らに戻る。いかに奢《おご》られる身であっても、妹という立場は得なものとはいいきれない気がする。

発走の直前に、あんたが帰って来て、姉ちゃんの隣りに座った。片手にはやはりビールを持っている。

「食いな」

たこ焼きのパックを突き出した。

「珍しい。買って来てくれたの」言ってから、姉ちゃんはわたしをじろりと睨んだ。

「そうか、佳苗にか。あんたにもそんな色気があるんだね」

「馬鹿」

あんたが不機嫌な声を出した。「つまんねえこと言うな」

「どうしたの、それ」

姉ちゃんがあんたの胸を指さす。シャツの一部分がべっとりと濡《ぬ》れている。

「よそ見して歩いてたガキにぶつかって、ソフトクリームをつけられた」

姉ちゃんの声も険しくなった。

「よそ見してたのは、あんたの方でしょう。いつもいつも間が悪いんだから、あんたは」

雲行きがどんどん怪しくなるので、わたしは困っていた。お腹も空いていて、眼の前のたこ焼きを頂戴したいのに、この状況では手が出しにくい。

そのとき、ファンファーレが鳴って、ゲートが開いた。

馬が走り出す。あんたも姉ちゃんも、一瞬にしてすべてを忘れたようだった。あんたはいつになく鋭い表情になり、姉ちゃんは眼をらんらんと輝かせている。アナウンサーの中継が流れる。三番が抜け出しました。その後に八番が続いております。後はほぼ団子状態です。が、馬の順番がどう入れ替わろうと、金を賭《か》けていない人間には興奮しようがない。わたしは馬を見るのをやめて、姉ちゃんの様子を見守ることにした。

レースが終わる。着順掲示板には、一頭をのぞいて、姉ちゃんが買った馬番はない。ああもう、と悔しがったところで、姉ちゃんはわたしの視線に気がついた。

「なによ」

「千五百円に賭ける、姉ちゃんの欲望を観察してた」

「うるさいね。最初からそんなに飛ばせないだろう。メインになればちゃんと張り込むよ」

ふと気付くと、あんたはまたいなくなっていた。

「冷めないうちに食べな」

姉ちゃんがたこ焼きをわたしの前に差し出した。わたしは喜んでそれに従った。

「本当は女と一緒に来たくないんだよ、あいつ。もう、あたしのことなんか忘れてる。金がなくなりゃ思い出すけどね」

それから姉ちゃんは不意に話を変えた。

「あんたもそろそろ家を出なよ。そうしないと、なにも始まらないよ」

始まったところで、姉ちゃんはヒモがついちゃったし、わたしは不倫中の身だ。希望は持てない。だが、そんなことを言ったら姉ちゃんが怒るに決まっているから、わたしはひたすらたこ焼きを口に運ぶことに専念していた。

「よくあんな街でいつまでも燻《くすぶ》っていられるもんだ」

わたしがなにも言い返さなければ返さないで苛立って来たらしい。姉ちゃんはいまいましげに言う。

「母ちゃんが出て行ったとき、近所の連中に何て言われてたか、あんた、知ってるの？あたしたちは父ちゃんの子供じゃないって。母ちゃんがよそで男をくわえ込んでできた子だって、角の乾物屋のババアが得々として話してるんだよ。父ちゃんの顔見りゃ、大変ですねえって言いながらね。だからあたしはあいつらが嫌いなんだ。誰も許してなんかやらない」

けれども、わたしは知っている。あんたと一緒に、ときには別の男と、あちこちを転々としていた姉ちゃんは、いつだって嫌いだという街に似た風景の街を選んでは住み着いていたのだ。

「そういう噂は父ちゃんの耳にだって入っていたはずなんだ。だけど父ちゃんは我慢して黙ってた。よそ者が来て商売やってるんだから、隣り近所に敵は作れないっていうんだろう。住んでいるところに縛りつけられて、死ぬまで辛抱するなんて、冗談じゃないよ。あたしには無理だ」

姉ちゃんはひとりで喋《しゃべ》り続けている。耳を傾けながら、わたしがここに連れて来られたもうひとつの理由に気付いた。

あんたが、自分の存在を忘れるから、姉ちゃんは、話し相手が欲しかったのだ。

「母ちゃんが出て行った気持ちが、あたしにはよくわかるんだよ」

姉ちゃんはぽつりと言った。

「哲正はろくでもない男だけど、縛られてはいない。だからいいんだよ」

わたしはようやく口を挟んだ。

「だったら、浮気なんかしないで、哲さんひとりに決めちゃえばいいのに」

「わかってないね。あたしだってまだ若いんだよ。あいつとじゃ、新しいことなんかなにも起きないじゃないか。それじゃ駄目なんだ」

そのときは、姉ちゃんがなにを言いたいのか、まるで理解ができなかった。今になればわかる。姉ちゃんはいつも現在いる場所からどこかへ飛び出したがっていた。新しい場所で、新しくやり直せば、すべてが変わる。自分と、自分を取り囲むすべてのことが劇的に変わる。そう信じたがっていたのだ。

そして、それは結局、最後までうまくはいかなかった。

年月は過ぎて、姉ちゃんもわたしも、若いとはいえない年齢に差しかかったころだ。わたしは妊娠した。

給料は安かったし、貯金もなかった。といって、まさか父ちゃんに頼むわけにはいかない。つき合っている男には言えなかった。言ったところでどうにもならないのはわかっていた。小遣いも少ない、金がない。それが男の口癖で、デートのときの食事代も、ホテル代も、煙草銭《たばこせん》までわたしが出しているような状態だったからだ。

佳苗さんは結婚詐欺に遭いそうだと、佐代ちゃんに言われるのも当然だ。姉ちゃんもわたしもよく似た姉妹なのである。そういう女には、あんたみたいな男が寄って来るわけで、世の中はうまくまわっている。

とにかくそのとき、わたしは姉ちゃんを頼るしかなかった。

電話をかけても繋《つな》がらなかったから、直接、部屋を訪ねていった。呼び鈴を鳴らしたら、出て来たのはあんただった。

「姉ちゃんはいますか」

「美恵か。こっちが聞きてえよ」

眼の前が暗くなった。姉ちゃんは新天地を求めている真っ最中らしい。その時期にちょうど重なってしまったのだ。

姉ちゃんは気まぐれで、都合が悪いときは一ヵ月だって二ヵ月だって連絡をよこさない。こちらから連絡しても決して返さない。そして、しばらく待つうちに向こうから連絡して来る。だが、わたしはそんなに待てる状況ではなかった。

「哲さん」思わず言っていた。「お金貸してください」

「いくらだ」

「十五万」

あんたはちょっと眉を寄せた。

「待ってな」

あんたは奥に引っ込んで、一万円札をむき出しのまま持って来た。

「二十万ある。持ってけ」

「十五万でいいんだけど」

「借りとく金は少しでも多い方がいいんだよ」

あんたは真面目な顔で言った。

「信じろ。俺は借金のプロなんだから」

金が必要な理由をなにも訊かなかったのも、プロたるゆえんなのだろうか。とにかく、あんたに借りた金で、わたしは中絶手術を受けたのである。

病院のベッドの上で、はじめて真剣に、男と別れることを考えた。それ以外のことは考えないようにしていた。

だが結局、その男と別れたのはかなり後になってからである。いつか姉ちゃんが言っていたように、こう、と決めてからの出足が、わたしはいつも遅いのだ。

その後、わたしは月に二万円ずつ借金を返済していった。あんたの部屋の、ドアのところの新聞受けに、封筒に入れた金を投函した。呼び鈴は鳴らさなかった。借金返済のために顔を合わせるのはどうにも心苦しかったからである。

三度目か四度目の返済時、土曜日の早朝だった。マンションの通路で、ちょうど外から帰って来たあんたに会った。

「佳苗ちゃんだったのか」あんたの方が気まずそうな顔をした。「ドアの前に姿が見えたから、大家かと思って、一瞬、逃げそうになった」

「借金の支払いに来た。分割払いですみませんけど」

「あんまり無理するなよ」

あんたは軽く言った。直前に大家から逃亡しようとしていた人間の言葉とは思えない。

「返せるときに返せばいいんだ。自慢じゃないが、俺は返したことなんてない」

本当に自慢にならない。が、その点には触れずに、わたしは訊ねた。

「どこかに行ってたの、哲さん。朝帰り？」

あんたは眼をそらして、いかにも恥ずかしそうに小声で言った。

「働いてるんだよ」

わたしは耳を疑った。「はあ？」

「大家もうるさくなって来たし、さすがに飯も食えなくなって来たんでさ」あんたは地面を蹴《け》る真似をした。「畜生、まったく、格好悪い話だけどな」

「いや、格好悪くないよ、全然」わたしは急いで言った。「それ、普通の人間なら誰でもしていることだから。それで、何の仕事してるの」

「居酒屋の厨房《ちゆうぼう》。昔、板前やってたから」

初耳だった。あんたの昔の話を聞くのは、それがはじめてだったのだ。

「今までも飯は全部、俺が作ってた。美恵は料理が好きじゃないしな」

あんたがサパークラブのカウンターに勤めていたとき、客として来た姉ちゃんと知り合った。それが馴《な》れ初《そ》めであったという話も、このときに聞いた。

「昔の先輩が大塚《おおつか》でやってる店で働いてる。前からずっと、金に詰まるとそこで働かせてもらってたんだ」

「前から？」

「美恵には言うなよ。その金は博奕《ばくち》で稼いだことになってるから」

あんたの言葉の意味がわからない。なぜ、仕事をしていることを隠さねばならないのだろう。

「言っておいた方がいいと思うけど」

「言うな。あいつの夢を壊す」

「夢って」わたしはあきれた。「何の夢なの」

「俺はプロのギャンブラーで、博奕一本で身を立てている。美恵の中ではそういうことになってるんだ」

わたしは思わず噴き出していた。

「笑うなよ」

あんたは笑わなかった。

「ギャンブラーのヒモを食わせているっていうのは、あいつにとっては重要なことなんだ」

その後しばらくして、姉ちゃんから連絡があった。あんたのところに戻って来たのである。

わたしに金を貸したことを、あんたは姉ちゃんに黙っていた。それも当然かもしれない。姉ちゃんが妙な誤解をする可能性もあるからだ。そうなってしまえば、たとえわたしが本当の事情を打ち明けたところで、信じてもらえる保証はない。

同じ理由から、わたしはあんたへの返済を中断した。

だから結局、あのときのお金を、わたしは三分の一くらいしか返していないことになる。


その報せは、あんたから、真夜中に入った。

「もう一度言って」

聞き取れなくて、わたしは何度も問い返した。

美恵が死んだ、と言ったあんたの声は、まるで機械みたいだった。

姉ちゃんは、酔っ払って家に帰る途中で、車道を斜め横断しようとして、トラックにはねられた。

車道の端で、ガードレールに寄りかかるようにしていた。そして、それから飛んだ。本当に、飛んだように走り込んで来たんです。後で線香を上げに来たとき、姉ちゃんをはねた運転手はそう言っていた。

そのころ、姉ちゃんは北千住《きたせんじゅ》のクラブに勤めていた。指名の客は少なかった。姉ちゃんがヘルプで付くのを、若い子はみんな厭がった。若いころは銀座にいたって、プライドばかりが高かったからね、そう言われて、評判はよくなかった。仲のいい同僚もいなくて、客待ちのときは、いつもひとりで煙草ばかり喫《す》っていた。酔い過ぎて、荒れることが多かった。

そういうことはすべて、姉ちゃんが死んでから耳にしたことだ。

姉ちゃんは、自分で死を選んだのだろうか。そうは思いたくなかった。ただの不注意だった。今でもそう思いたい。なにかあっても、わたしにはそれを話してくれたはずじゃないか。事故だったのだと思いたい。

姉ちゃんが息を引き取った病院に、父ちゃんと二人で行った。霊安室の前のベンチに、あんたがひとりで座っていた。

父ちゃんはあんたを無視して霊安室に入った。わたしも続いた。ベッドの上に、白い布に覆われた姉ちゃんが横たわっていた。

病院の人が、布を外して、姉ちゃんの顔を見せてくれた。

父ちゃんが低く唸《うな》って踵《きびす》を返した。まるで相好《そうごう》が変わった姉ちゃんを見ていられなかったのだ。廊下に走り出て、あんたに摑みかかった。わたしが廊下に出たとき、父ちゃんはあんたの襟元を締め上げて、背を壁に押し付けていた。

あんたはまるで無抵抗だった。

その場に駆けつけた病院の人たちが、父ちゃんをあんたから引き離した。あんたが小さく咳込《せきこ》んだ。

「その面を二度と見せるな」

父ちゃんは呻《うめ》いた。

「二度と、美恵に近付くな」

まるで、姉ちゃんがまだ生きているみたいに、そう言った。

あんたは廊下をゆっくり歩いてその場を去った。わたしは後を追わなかった。追いついても、言える言葉はなにもなかったから。


お葬式と呼べることはしなかった。父ちゃんの希望である。斎場の一間で、父ちゃんとわたしだけのお通夜をした。

母ちゃんはお通夜には間に合わなかった。翌朝になってから、出棺の寸前に来た。

「昨日はこちらへ来られなくてすみませんでした。ちょうど今、息子が大学受験で、なかなか自由には動けないものですから」

他人行儀に言って、父ちゃんとわたしに頭を下げた。

——そろそろいいよね、佳苗。母ちゃんを楽にしてあげようよ。

姉ちゃんの言葉を思い出した。あのとき、姉ちゃんはやっぱり正しかったんだと思う。

──母ちゃんが出て行った気持ちが、あたしにはよくわかるんだよ。

そう言っていた姉ちゃんは骨になって、ようやく店《うち》に帰って来た。

三

名古屋駅から私鉄に乗り換えて、あんたが入院している病院へ向かった。

教えられた駅に着いて、電車を降りる。北口から駅を出ればすぐにわかりますから、と、昨日、電話口の女が言っていた通りだった。名古屋駅からほんの数駅しか離れていないというのに、見渡す限り田圃《たんぼ》だらけで、あれが病院であろう、と思われる大きな白い建物以外、眼につくものはなにもなかったからだ。

眼に映《うつ》りはしても、そこまでの距離はかなりある。駅前からは病院行きのバスも出ていたが、三十分に一本。次の運行まで二十分以上待たなければならない。わたしはタクシーに乗った。乗り込んだ途端、病院ですか、と運転手に訊かれた。田園地帯のど真ん中にある駅にタクシーが常駐しているのは、病院への利用客が少なくないせいだろう。

昨日の女に言われた通り、内科の入院病棟がある三階の西棟に向かう。病室の番号も聞いてはあったが、念のためにと思って、通りかかった看護師を呼び止めた。

「坂口哲正さんに会いに来たんですが」

「誰ですって」

もう一度名前を言う。看護師の表情が変わった。

「少々お待ちください」

様子がおかしい。わたしの胸が騒ぎ出した。あんたの身になにかあったのだろうか。その先は考えたくない。電話口の女がどう言おうと、やはり昨日のうちに駆けつけるべきではなかったのか。

わたしの気分では、少々ではないくらい待たされたのち、ようやく医師が現れた。話をしたい、という。まだ若い男の医師だった。

診療時間の合間なのだろう。診察室に通される。開口一番、医師は言った。

「坂口さんですが、逃亡されました」

「は？」

わたしは間抜けな声を出していた。

「午前中に精密検査をする予定だったんですが、今朝になってみると、坂口さんのベッドはもぬけの殻だったんです」

医師の説明によると、二日前の夕方、あんたは競馬場のトイレで血を吐いたのだという。蒼白になってうずくまっていたあんたを見つけた誰かが場内の係員を呼び、係員は救急車を呼んだ。意識はあったが、あんたは口を利く元気すらなかった。

「点滴を受けて、ようやく喋れるようになったのが、昨日の昼前でした。その時点で連絡先を聞きました。最初はそれをおっしゃらなかったんです。身寄りはないと言い張っておられて」

あんたはかなり栄養状態が悪かったらしい。ここ三日間ほどは、ほとんどなにも食べていないようだった。

「物をうまく飲み込めないのだ、とおっしゃっていました。これまで病院で検査を受けたことがあるかどうかを訊きますと、それはない、しかし、病気はわかっているとおっしゃいました。亡くなられたお父さまも同じ病気だったのだそうです」

「何の病気なんですか」

「はっきりとはおっしゃいませんでした。しかし、癌《がん》ではないかと思われます」

「坂口さんも同じ病気なんですか」

「なにぶん、検査をしていないので、こちらも確かなことは申せませんが、症状からいって、食道癌の疑いがあります」

昨日のうちにここへ来なかったことを、わたしは再び悔やんでいた。

「午後になってから、また少し容態が悪くなられた。吐血されたんです。自分は死ぬんですかね、と私に訊かれました。このまま死んだら、このひとにだけは伝えてくれと、そのときにあなたの家の電話番号をおっしゃったんです」

馬鹿、と胸で毒づく。誰に？　あんたに、それから、わたし自身にだ。あんたもわたしも、今まで、大事な時間を無駄にして来た。そのことに、やっと気がついたのである。

「坂口さんがそう訊いたとき、先生は何て答えたんですか」

わたしの問いに、医師は淡々と答えた。

「ありきたりな言葉です。こう言いましたよ。死なせないために病院があるんです、とね」


姉ちゃんが死んでから、わたしは十年以上も続いていた男とようやく別れた。会社も辞めた。あっさりしたものだった。

わたしは店を手伝うことにしたのだ。もう、父ちゃんも要らないとは言わなかった。帳簿も任された。もっともこちらの方は、経理の会社に勤めて長いこと給料をもらっていたのだから、ある程度は信用していたのだろう。

そうなると、父ちゃんは店に出ないことが多くなった。二階の茶の間でテレビを観ている。朝から晩までぼんやり画面を眺めている。

わたしを呼ぼうとして、時々、「美恵」と言ってしまう。そんな父ちゃんを見るのは悲しかった。父ちゃんもやりきれなかったに違いない。

近所の人たちは、姉ちゃんが自殺だったと話している。すっかりそう決め込んでいる。無理もないよ、美恵ちゃんも若くなかった。将来《さき》に絶望したんだろうね。したり顔で語られる、そんな噂を耳にするたび、姉ちゃんが言っていたことを、はじめてわたしも理解する。

——だからあたしはあいつらが嫌いなんだ。誰も許してなんかやらない。

やがて、店を辞めたい、と父ちゃんが言い出した。

「早く言えば、隠居したいんだよ」

口を開きかけたわたしを遮るように、父ちゃんは話を続けた。

「実はもう、西伊豆《にしいず》にマンションを買っちまったんだ。故郷にな。実際のところ、生まれたのはもっと田舎の方だけど。住むにはちょうどいいところなんだ」

それからとってつけたようにつけ加えた。

「そのマンション、風呂に温泉を引いてあるんだよ。ちょっと豪勢だろう」

そうまで言われると、引き止める言葉は口に出せなかった。その代わりに、こう言っていた。

「このお店、わたしが後を継いじゃ駄目かな」

それというのも、店はうまく行っていたからだった。昔に較べて子供の数も減り、老人も減っていき、街の人口は少なくなって、だいぶ前から昼間の営業も夏場のかき氷もやめていたが、夕方からは会社帰りのお客さんで引きもきらない状態だったのである。時代から取り残されたような屋台じみた安普請の店は、彼らにとってはかえってもの珍しいのだろう。わたしひとりでは手が足りないくらいだった。

「継いでくれるのか」

父ちゃんはほっとしたようだった。

「お前には内緒にしておいて悪かったが、店のことも、税理士の安田《やすだ》先生に相談してあるんだ。譲《ゆず》る気なら、俺が生きているうちに譲っておいた方がいいって、先生もそう言っていたよ」

父ちゃんは少し黙って、それから呟いた。

「何だか厭になっちまったんだよ。なにもかも」

そして、父ちゃんは店を置いて、この街からいなくなった。

わたしは佐代ちゃんを雇い入れた。同じ町内に住んでいて、小学校も一緒で、登校班では六年生のわたしが一年生の佐代ちゃんの手を引いていたこともある。そんな佐代ちゃんは、離婚して実家に帰って来ていたのである。

わたしが店を引き継いだということを、何人かの知人に通知した。あんたにもはがきを送った。

それで、あんたはちょくちょく店に顔を出すようになった。

佐代ちゃんは厭な顔をしていた。姉ちゃんを骨の髄《ずい》までしゃぶり尽くした人間の屑、というあんたの風評を、近所の住人である佐代ちゃんは当然知っているのである。

「哲さん、何で仕事しないの」

突っかかるように訊く。

「働くの、嫌いなんだよ」

あんたはあっさりとそう答える。

「世の中、それで渡っていけたらいいですね」

佐代ちゃんの皮肉にも動じないで受け流す。

「ありがとう。何とか渡ってる」

あんたとわたしは、いつも、大した内容の話はしなかった。だが、わたしはあんたが顔を見せると、それだけで安心していた。姉ちゃんのことを口に出さなくても、姉ちゃんのことを思い出せる。そんな相手はあんただけだったのだ。

だが、佐代ちゃんは警戒心の塊だった。

「狙われてますよ、佳苗さん」

佐代ちゃんは囁《ささや》くのである。

「あの男の魂胆は見え透いています。今度は佳苗さんを毒牙《どくが》にかけるつもりなんです」

あんたは店の勘定はきっちり払った。だが、同時に金をせびって行くことも珍しくなかった。おでんやビールや日本酒をちょこっと引掛ける金額と、あんたがわたしに無心する金額を較べれば、後者の方が多い。それも、一桁《ひとけた》多い。

しかし、仕方がないといえばいいえる。わたしだって、あんたへの借金を返しそびれていた。姉ちゃんが死んでから何度も返そうと考えはしたのだが、父ちゃんがいる間は会いに行きにくかったし、いきなり現金書留を送りつけるのも不躾《ぶしつけ》に過ぎる気がして、延び延びにしていた。そのうちあんたの無心がはじまったので、ついそのままになっているのである。

「いつも借りて行くばかりじゃないんだよ」

わたしはあんたの弁護に努める。

「たまにはご馳走《ちそう》もしてくれる」

あんたは閉店間際に来て、それから外へわたしを連れ出すこともある。そういうときの支払いは、大抵あんた持ちだった。

「たまに振舞って、信用させておいてから深間に落とす。そういう手口なんですよ」

佐代ちゃんは断言した。佐代ちゃんからすれば、あんたはあくまで見下げ果てた悪党なのである。

もっとも、それは佐代ちゃんだけの意見というわけでもない。

いつか、居酒屋を経営しているあんたの先輩と、三人で飲んだことがあった。

「こいつはろくでもない男だよ。うちに働きに来るのだって、本当はやめて欲しいんだ。せっかく真面目に生きようとしている若いやつらに悪い影響を与える」

先輩はあんたを腐した挙句、わたしに何度も同じことを言った。

「あんたもこいつと一緒にいない方がいい。別れなさいよ」

「別れるもなにも、妹みたいなものですから」

「こんな兄さん持ってどうする気なんだよ」

時々話が嚙《か》み合わない。内心首を傾《かし》げていると、先輩が便所に立ったときにあんたが言った。

「先輩は美恵に会ったことはないんだよ。だから佳苗ちゃんが美恵の妹だってことも話していないんだ」

「姉ちゃんとは会わなかったの。どうして？」

「会わせるわけにはいかないだろう」

こっそり働いている、という事実は、姉ちゃんはもちろん、先輩に対しても内緒だったのである。ずる休み常習犯の子供が、露見を恐れて家庭訪問を避けようとする。そんな状況と変わりはない。もっとも、あんたの場合はずる休みどころか、その反対なのだ。本来ならば正しいはずのことを悪事のように隠れて行なう。根本的にずれているところがあんたらしくて情けない。

お開きになったとき、電車はとっくになかったから、帰りは二人でタクシーを捕まえた。わたしが先に降りられるような道筋を運転手に指示してくれたから、送ってくれた、ということになる。車の中であんたはほとんど喋らなかった。

店のすぐ近くの大通りに差し掛かって、運転手に停める場所を教えようとしたとき、あんたが不意に口を開いた。

「佳苗ちゃん」

「なに」

「帰るな、と言ったら」酔っているとは思えない声だった。「美恵は怒るだろうな」

動揺を悟られないよう、わたしはあんたの方を見ずに答えた。

「姉ちゃんより、父ちゃんが怒ると思うよ」

一瞬の間を置いてから、あんたは笑い出した。

「殺されちゃ敵《かな》わねえからな。さっさと降りてくれ」

タクシーを見送りながら、考えた。さっき、あんたはどんな表情であの言葉を言ったのだろう。真面目な顔をしていたのだろうか。わたしが冗談にしなければ今ごろはどうなっていたのだろう。

佐代ちゃんならば、それでいいんです、危機一髪ですよ、とでも言うところだ。

支払窓口で入院費用の精算を済ませて、病院の前からタクシーに乗った。どうしていいかわからない。だが、このまま電車に乗ってまっすぐ帰る気になれなかったのは確かだった。

窓の外に眼をやろうとすると、ガラスの隅にステッカーが貼《は》ってあるのが視野に入った。あんたが倒れたという地方競馬場のステッカーだ。わたしははっと気付いて、運転手に訊ねた。

「今日は、競馬は開催しているんですか」

「名古屋競馬ですか、さあねえ」

が、訊くまでもなかった。ステッカーには開催日が記されていた。今週の月曜日から金曜日まで。つまり、今日も開催されているのだ。

行く先を競馬場に変える。想像していたほど病院から近くはない距離を走ってから目的地に着く。

大通りに沿った、小さな競馬場だった。晴れた空がひどく高く感じられた。平日のせいか、正門をくぐる人はまばらである。中に入ると、正面にスタンド、その向かいに飲食店が並んでいるが、ほとんどはシャッターを下ろしている。すぐ左手にパドックがあって、次のレースに出る馬が手の届く近さで歩いている。その様子を見ている人の数も多くはない。

その顔のひとつひとつに視線を走らせていく。ここにはいない。

この場所にあんたが来ている、という確信はない。だが、他に捜す当てもないのだ。

ずっと前、姉ちゃんとあんたは競馬場のどこにいた？

あんたはじっとしていない。レースが終わると、すぐにパドックに行って、それから馬券売り場に行く。モニターで倍率を確認する。そして、帰って来る。

スタンドを入って左側の隅だ。真ん中に場所をとればいいのに、と姉ちゃんは言っていたけど、あんたは隅っこに行った。そしてレースが終わるとまた立ち上がって動き出すのだ。

スタンドの中に入ると、端から端までは簡単に見渡せた。ぽつん、ぽつんとまばらに腰を下ろしている人々。

左の隅に、わたしはあんたを見つけていた。

「哲さん」

近付いて、声をかける。その前に、東海、と書かれた競馬新聞を手にしたあんたは、わたしに気がついていた。

「佳苗ちゃんか」

「お金、持ってるの」

わたしが訊くと、あんたは咳をした。

「次で決まる」

咳をしながら、相変わらずどうしようもないことを言っている。

「帰ろうよ」

「病院にか。あの病院は厭だな。看護師がひでえんだ。点滴打つとき、変な場所に打ちやがって」

あんたは袖《そで》をまくって見せた。骨ばった腕の内側に大きな青痣《あおあざ》が拡がっている。

「気付いたら、もの凄く腫《は》れてぶっとくなってた」

あんたは苦々しげに続ける。

「スタン・ハンセンみたいになってた。それで看護師を呼んだら、痛いなら早く言ってください、って逆に怒鳴りやがんの」

子供の笑い声がした。そちらを見ると、三、四歳の女の子を連れた二十代前半の男女がのんびり歩いて行くところだった。わたしたちとは反対側、右手の奥に行く。向こうの方には芝生の場所があって、多少の遊具が置かれているらしかった。

「厭だよ、俺は、あんな病院は」

柵《さく》を隔ててゲートが見える。ゲートの後ろには団地らしい建物が立ち並んでいる。平日のこんな時間に家族で競馬場か。あのひとたちは大丈夫なのかな。そう思いかけてかぶりを振った。他人のことより自分のことだ。自分と、それからこのどうしようもない男。

あんたの肩が薄くなっている。同時に、ハーフコートの肩の一部分が、白く汚れているのにも気付く。

「どうしたの、それ」

「これか」

あんたはきまり悪そうに眼をそらした。場内アナウンスと共に、レース場に入って来た馬たちが前を走り抜けて行く。

「駅を降りたところで、上からバサッとひっかけられたんだ」

「なにを」

「鳩の糞《ふん》。便所で紙濡らして拭《ふ》いたら、よけいにひどい汚点になっちまった」

あんたはいつも間が悪いって、いつか姉ちゃんが怒っていたっけ。あのときはソフトクリームで、今度は鳩の糞。どんどん悪くなっている。

「哲さん、帰ろう」わたしは言った。「あの病院じゃなくて、東京に帰ろうよ」

「東京？」

「東京に帰ったら、病院へ行ってくれる？」

あんたはそれには答えなかった。別のことを言った。

「来るような気がしてたよ」

「待ってたの?」

「いや」あんたは首を振る。「でも、何となく来るような気がしてた」

「そりゃそうでしょ、自分で呼んだ癖に」

あんたが言おうとしていることとは別のことをわたしも言っていた。

「病院代、他に払う人間はいないんだからね」

我ながらもどかしくなるほど、素直な言葉は出ないものだ。

「かなりぶん取られただろう?」

「健康保険料、まともに払いなよ。一応は国民なんでしょう」

「立派なもんだよ。公営博奕にだってちゃんとテラ銭を納めてる」

それは関係ない、そう言おうとした瞬間、またあんたは咳をする。痰《たん》がからんで咽喉《のど》が鳴る。

ファンファーレが鳴った。あんたは口を噤《つぐ》んだ。少ないように思っていたが、それでも発走となると、かなりの人数がスタンドに集まって来ている。

拍子抜けするほど静かにゲートが上がって、横一列に並んだ馬たちが土を蹴立てて走り出した。千四百メートルを馬たちが疾走する一分と数十秒、わたしの存在があんたの心から消える。

それを感じながら、わたしはあんたの隣りにいる。時間はあっという間に過ぎて、姉ちゃんをこの世からいなくして、あんたとわたしに年齢《とし》を取らせた。

眼の前の直線で、一頭が抜け出す。もう一頭が鼻を突き出すが、すぐに沈む。第二コーナーをまわって、馬の群れが見えなくなる。その姿を追って、あんたは立ち上がった。池でもあるのだろうか。トラックの向こうで水面がきらきら光っている。

先頭の馬から最後尾まで十馬身ほどの差がついています、とアナウンサーが言う。三コーナーをまわる。周囲の声が高くなる。すぐに最終コーナーだ。あんたとわたしも、もうそのコーナーを過ぎたのか。あんたはわたしを置いてゴールに走り込もうとしているのだろうか。

「いかん。届かんわ」

背後で誰かが口走る間に、先頭の馬がゴールを走り抜けた。握り締めた新聞紙を叩《たた》きつける音がする。

「いかんかったか」

「追い込み馬がまるで上がって来んのだわ。話にならんで」

周囲の会話を聞き流しながら、わたしは考えている。

佐代ちゃんがあきれる。近所では、わたしは愚かな姉に輪をかけて間抜けな妹だと噂される。姉妹を貪《むさぼ》り尽くした男だとあんたは後ろ指を差される。父ちゃんは真赤《まっか》になって怒る。怒りのあまり東京へ戻って来て、店を叩き出される破目になるかもしれない。

そうしたら、二人揃って路頭に迷うことになる。だが、それでもわたしはあんたよりは甲斐性《かいしょう》がある女だし、何とかなるだろう。

もし死んだら、わたしにだけはそのことを知ってほしい。あんたがそう思ったように、あんたが死ぬときは、その傍《そば》にいたいとわたしは思っている。だから何とかするしかない。

姉ちゃんは怒るかな。きっと、怒らない。許してくれるだろう。そう思おう。

わたしはあんたの隣りに座っている。

次にあんたが振り向いたら、言わなければならない言葉を、今度こそ言おう。いつも出足の遅いわたしでも、今度ばかりは遅れるわけにはいかないのだ。

そう心を決めて、あんたがわたしを思い出すのを、わたしは待っている。

窓の中の日曜日

赤ん坊のユカを抱いている。熱いくらいの体温に、すべすべの頰。小さな躰《からだ》が急に重くなって、腕からずり落ちていきそうになるのを慌てて抱え直す。おかしい。こんなに重いはずはないのに。今、ユカは何ヵ月だったっけ。そう思った途端、閉じていた目蓋《まぶた》をぱっちりと開け、わたしの顔を咎《とが》めるように見上げながら、口を尖《とが》らせてユカが言った。

ユカはもう小学生だよ。忘れたの？

じゃあ、これは夢なんだね。

——そうだよ。夢だよ。だから手を離していいよ。もう、ユカはひとりで立てるから。

ああ、もったいない。夢ならば覚めたくない。

まだ立たないでいいよ、ユカ。

この夢が終わって欲しくない。ずっとこのままでいたいと思った。

眼が覚めたのは午後一時過ぎだった。

帰宅したのは夜明け方だ。頭にも臓腑《ぞうふ》にも、アルコールがしっかり残っている。久しぶりに盛況だった金曜の夜に調子づいて、つい飲み過ぎたのである。

眼だけは開いたものの、すぐには起き上がれなかった。ひどく咽喉《のど》が渇いている。水を飲むため起き上がりかけて、猛烈な吐き気に襲われた。

こうなるのは眼に見えているのに、酒という代物は、なぜその一杯をよけいに過ごしてしまうのか。自分でもさっぱりわからない。ユカがこのざまを知ったら、きっと言うだろう。

――また飲み過ぎたの。お母さんは駄目なひとだねえ。

這《は》うようにしてキッチンに行った。昨日、というより今朝まで履いていた紺のパンプスが床に転がっている。なぜ、玄関にではなくキッチンに靴が落ちているのか。考えられる答えはひとつだ。玄関で靴を脱ぎ忘れ、土足のまま室内に上がりこみ、台所で気付いてそれを脱ぎ、その辺の床に抛《ほう》り投げた、という流れだろう。そんな真似を誰がしたのか。わたしに決まっている。何てことだ。また、ユカがあきれる様子を思い浮かべた。

ユカ、面目ありません。ゆうべもまた、お母さんは駄目なひとでした。

今夜は、酒は控えめにしなくては。明日は日曜日。一週間にたった一度、ユカに会える日なのだ。酒臭いと、ユカに怒られる。口を尖らせて、別れた夫に似た薄い眉を上げて、まるでお姉さんが妹に注意をするような調子で、ユカはわたしに言うだろう。

――昨日、また飲み過ぎたんだね。

その通りです。

――お母さんは、そういうところが駄目なんだよ。

重々、自覚してます。

――いくらお仕事でも、限度というものがあるんだから。

はい、深く反省しております。

――ユカはいつも、お母さんのために日曜日の予定を空けてるんだからね。そこのところ、ちゃんとわかってる？

わかっております。わたしはおどけて頭を下げることだろう。

ごめんね、ユカ。


出勤の時間、五時少し前にふらふらと部屋を出る。

マンションに隣接した小学校の校門から、男の子たちがぞろぞろと出て来るところだった。みんな、十歳かそこら。ユカと同じくらいの年ごろにみえる。サッカーのユニフォームを着ている。そういえば、校庭で練習中と思《おぼ》しき声が部屋の中まで聞こえていたようだった。

四年生から課外のクラブ活動がはじまるので、ユカはバスケットボール部に入ったと言っていた。運動神経のかけらもないわたしに似ず活発なのだ。毎週土曜日はクラブの日だとも言っていたから、あの子も今日は学校で練習があったに違いない。

金網越しに見える校庭に植えられた大きな金木犀《きんもくせい》の木が、噎《む》せるほどの香りを漂わせている。高く澄んだ空は暮れはじめていた。今日は秋晴れのさわやかな一日だったらしい。わたしにはまったく意味がなかったが。

駅までの道を歩くうち、めまいがして来た。室内では立ち直れたかに思えたのに、外に出るとまだ辛《つら》い。情けない。わたしは深呼吸をした。しっかりせねば。

もうちょっとしっかりしなさいよ、というのは、わたしの母親の口癖だった。ついこの前の日曜に見舞ったときも、重々しくそう言い渡されたばかりだ。

「あんたもいい年齢《とし》なんだから、そろそろ安心してお店を任せられるようになってよね」

小さな酒場を経営している母親は、わたしの雇い主でもある。したがって、わたしは二つの意味でこの人をママと呼んでいるのだ。はいはい、と神妙に答えてから、それとなく話をそらした。

「その点は善処いたします。けどね。なるべく早くよくなってくれないと困るよ。やっぱり、お店へはママを目当てに来ているお客さんが多いんだし」

世辞半分、むしろ世辞四分の三見当で言ったのだが、ママは深々と頷《うなず》いた。

「そんなの当然じゃない」

やれやれ、だ。万事がこの調子だから、アルバイトの女の子たちと揉《も》めごとが絶えないのだ。内心、わたしがげんなりとしていることには気付く由もなく、ママの方でも話題を変えて来た。

「今日はこれから、また、ユカと会うの？」

わたしは軽く頷く。

「そう。ユカとデート」

ママの見舞いの後で、別れた夫のもとに残して来た娘のユカに会う。このところは、それが、わたしの日曜日最大の行事となっている。

「あの子、いくつになったっけ」

「四年生。誕生日で十歳。しっかりしてるよ。女の子は成長が早いよね」

「あんたはそうでもなかったけどね」

ああ、そうですか。なにを言ってもちくりと刺される。物言えば唇寒し、とはこのことだ。ママはわたしの顔をつくづく眺めていた。

「それにしても、あんたも本当にしょうがない子だよね。親子二代で同じようなことになっちゃって」

わたしには父親がいない。最初からいないのだ。会ったこともない。ママは未婚のまわたしを産み、女手ひとつでわたしを育てた。

「ママはわたしとは違うよ」

穏やかに言葉を返したつもりが、思いのほか強い口調になっていた。

「ママは、自分の子を自分の手で、最初から最後までちゃんと育て上げたんだから。そうでしょう？」

ママは眉を寄せた。このことばかりは、そんなの当然、と胸を張ってみせるのは、わたしに対して気の毒だと思ったのかもしれない。

やがて、困ったように、ママはただ笑ってみせた。

ママが未婚の母として生きることを決めたとき、そこにいろいろ事情はあったのだろうが、詳しいことは聞いていない。聞きたいとは思えなかったのだ。

父親であるひとと、わたしは会ったことがない。そのひとは、ママとは結婚せず、父親と名乗って来もしなかったのである。それだけでじゅうぶんだ。それ以上なにを知る必要があるだろう。

そのひとは、わたしの認知だけはしたようだ。高校に入学するとき、戸籍を見て、はじめて父親の名前を知った。亮二《りょうじ》だか亮介《りょうすけ》だかいう名前だった。どちらかはよく覚えていない。

覚えてやるもんか、と思っていたのかもしれない。

店の中には、昨夜の空気がどんより澱《よど》んで残っている。

カウンターばかりの細長く狭い店は、周囲を隙間《すきま》なく建物に囲まれているので、入口を入ってすぐと、奥のトイレの中と、二つしかない窓を開け放っても、まったく風は通らない。

都心から外れた、一見、昔ながらの駅前商店街だ。駅前、というよりは、駅横にある一角で、ケーキ屋があり、ラーメン屋があり、スーパーマーケットがあり、ママとわたしの店がある。さらには仏具屋までが軒を並べている。

入口脇の窓からは、右隣りのイタリア料理屋が発している油とニンニクの強烈な臭いばかりが入って来る。

トイレの窓を開けると、真裏のビルが、のっぺらぼうの背を見せている。ところどころに小さな窓があって、そこから女の声が漏れて来る。ソープランドなのである。その店以外にも、線路に沿ったその一帯には、ファッションヘルスやらラブホテルやら、風俗店が集中している。

「内容豊富な商店街で、いいんじゃないの」

いつか、仏具屋の主人であり、店の常連である真田《さなだ》さんがそう言っていた。

「人間《ひと》の一生に関わるすべての物が揃《そろ》っているみたいだ」

「だけど、近くのマンションの住民が、商店会に抗議して来たらしいですよ。風紀が悪いって」

わたしが言うと、真田さんはさも腹立たしげに答えたものだった。

「もともと、ここはそんなにお上品な街じゃないんだよ。昔は青線《あおせん》だったんだから」

街の古老である真田さんによると、裏のソープランドは、この街では老舗《しにせ》といえるほど歴史があるらしい。裏道に入れば寺の多いこの土地は、昔からそういった業種がたいそう栄えていたのだそうだ。

だが、そんな事情を知っているひとたちが住む古くからの住宅はどんどん取り壊されて、新しいマンションに建て替えられていく。この商店街も、一軒、また一軒と、代替わりのたびに閉めてしまう店が増えて、少しずつ小さくなっていくみたいだった。

わたしには、それが寂しい。

今では、少し離れた街で別々に暮らすようになっているが、わたしが物心ついたころから中学を卒業するまでは、ママと二人、この街の安アパートに住んでいたのだ。新しい小綺麗《こぎれい》な高層住宅よりは、老舗のソープランドの方が、身内といった感覚がある。まだ明るいうちから稼業に精を出している女の声を聞くと、今日もあたしは頑張ってるよ、お前もしゃんとしな、と活を入れられているような気になる。

この辺りの感覚が、離婚の際、夫の母親から、あなたは育ちが悪い、と非難される結果に繋《つな》がったのであろう。

「じゃあ、あんたたちはどれだけお上品なんだ」

真田さんと似たような言葉でママは怒っていたが、ここは、昼間から完全に出来上がっているおじちゃんがうろうろしていて、すれ違いざまに、コラ、この腐れ何たらと、女を表す究極の四文字を投げかけて来るような街なのである。それでも、これが自分の故郷だ、と居直っているのだから、元お姑《かあ》さんの言いぶんも当たっていなくはない。

ちなみにこのおじちゃんは、この街ではずいぶん古顔で、誰が呼ぶともなく「レレレのおじちゃん」という渾名《あだな》をつけられている。別に、漫画の登場人物に似ているからではあるまい。酔いで呂律《ろれつ》がまわらないせいで、意味不明なラ行の雄叫《おたけ》びを発することが多いからだろうと思われる。

そういえば、今日はおじちゃんの姿を見なかった。今日は土曜日だから、おじちゃんも家に帰っているのだろうか。あのおじちゃんに家庭があるとは考えにくいのだが。

以前、大して深い意味もないまま、ママに問いかけてみたことがあった。

「わたしのお父さんって、今ごろ、どうしているんだろう」

「さあね」

「お酒が好きだったんでしょう」

「とてもね」

「レレレのおじちゃんみたいになっていたりしてね」

ママは腹の底から不愉快そうな顔をした。

「どうしてそういう最悪の想像をするかね、あんたは」

土曜日は、アルバイトの女の子もいないかわりに、サラリーマン組もやって来ない。客の流れはゆるやかだろう。少し気が抜ける。いつものように、売り上げ、売り上げと眼の色を変えて営業に勤《いそ》しむ気分にはならない。むしろ、お客さんが少ないようなら、早めに店じまいをしようとさえ考えている。

何といっても、明日は週に一度きりの休日。そして、ユカに会える日なのだ。


わたしが離婚したとき、ユカは六歳だった。

週に一回は会う。そういう約束で夫のもとにユカを残して来たのだが、それはごく最初のうちしか守られなかった。その日は旅行で出かけているとか、熱が出たとか、元お姑さんから冷たい声の連絡が入り、会えるのは二週に一回になり、月に一回になり、やがて、もっと間遠《まどお》になった。

別れた夫も元お姑さんも、ユカとわたしを会わせたくなかったのだろう。離婚の直接の原因が自分にあるだけに、わたしも強くは出られなかった。

それが、二年ほど前に変わった。ユカの方から連絡が来たのである。

「お母さん？」

電話越しにユカの声を聞いたとき、すぐには言葉が出なかった。嬉《うれ》しかった、というより、胆《はら》の底からほっとした、という方が当たっている。

「好き嫌いしないで、ごはんはちゃんと食べてる？」

うろたえながら、つまらないことを訊《き》いていた。

「長電話はできないよ。友だちの携帯を借りてるんだから」

ユカの方がよほど落ち着いていた。

「おとうさんやおばあちゃんには、内緒なんだよ。そうしたら、これからは会えるよね」

そして、ユカとわたしの日曜日のデートが始まったのである。

ユカはひとりで電車に乗ってこの街まで来る。別れた夫の実家のある街からここまで来るためには、まずは私鉄で渋谷《しぶや》へ出、そこから山手線《やまのて》に乗り換えなければならない。日曜日の渋谷駅の雑踏など、大人だってどこかに押し流されそうなくらいである。来るときはまだしも、帰り道が心配だ。最初のうちは送っていこうとした。すると、大丈夫だ、とユカはきっぱり言った。

「ユカは電車通学なんだよ。いつも渋谷で乗り換えているんだから」

おそらくは元お姑さんの方針なのだろう。ユカは地元の公立ではなく、都心の私立の学校に通っていたのだ。

そうは言われても、そこは安心しきれなくて、こっそりユカの後をつけて行ったこともある。せめて乗り換えを無事に済ませるまで見届けておきたいと思ったのである。だが、隣りの車輛《しゃりょう》からちらちら視線を向けているところをあっさり発見され、やめてよ、とユカにきつく言い渡されてしまった。

「誰かに見られたらどうするの。もしもってことがあるんだよ」

また会えなくなっちゃうよ、と言われれば、逆らいようがない。わたしは送るのをあきらめざるを得なかった。

ユカとわたしの待ち合わせ場所は、いつも駅前のマクドナルドである。

「学校では、どの教科が得意なの」

などと、わたしはいつもろくな質問をしていない。もっと他に、訊かなければならない大事なことは、たくさんあるはずなのに。

「体育。それから国語」

ユカは明快に答える。両方ともわたしの苦手な教科である。似ていないなあ。わたしは少し気落ちする。

「国語の教科書は最後までぜんぶ読んじゃった。だから授業中はすることがないんだ」

「同じだ」

いかにも納得したように話を合わせる。

「お母さんもすることがなかったよ」

が、わたしの場合はユカとは意味が違う。授業についていけないから、することがなにもなかっただけなのだ。


店の床に掃除機をかけているときに、常連客の清《せい》さんが入って来た。

「いらっしゃいませ」

掃除機を止めて大きな声で言う。本日の営業開始である。

「もういいの」

「いいですよ。座ってて」

わたしは奥のロッカーに掃除機を片付けた。清さんはいつもの席に腰をかけている。年齢不詳だが、後ろに撫《な》でつけた残り少ない髪の毛がすべて白髪であるせいか、決して若くは見えない。清さんは昔から爺《じい》さんみたいだったとママは言っている。

「今日ももう、どこかで飲んで来たんですか」

それを訊いたのは、かすかに酒の匂いを嗅《か》いだからである。清さんはこともなげに答えた。

「土曜日はいつも朝からですよ」

よく躰を壊さないものだ。とはいえ、レレレのおじちゃんとは異なり、清さんの飲み方は綺麗である。毎週土曜、客がいない早い時間に来て、ボトルキープしたシーバスリーガルをロックでゆっくり二時間ほど飲んで、さっと切り上げる。土曜日はアルバイトの女の子がいないから、常連さん同士で軽い会話を交わすばかりで、カラオケをがなるわけでもなく、いつもきっちり現金精算。店側としてはありがたいお客さんであるが、わたしとしては少々疑問に思わないこともない。

「どうしてこの店に来るんだろう、清さんは。あれで本当に愉《たの》しいのかな」

そう言うと、ママは言下に答えた。

「あれでいいのよ。あのひとはあたしに惚《ほ》れているんだから」

これが、女ひとりで生き抜いてきたゆるぎない自信というものであろう。わたしは絶句して引き下がるしかなかった。

去年の誕生日には、ユカにねだられて、童話の本を贈った。洋服とか文房具だとか、他の物だと父親や祖母の眼についてしまうが、本なら目立たない、というユカなりの判断らしかった。

「友だちの家で読んだの。とてもいいお話で、ずっと欲しかったんだ」

ユカは眼を輝かせて説明をしてくれた。

白いきつねが、鉄砲と引き換えに、猟師に魔法を教えた。桔梗《ききょう》の花の汁で指先を青く染める。そして、その指で小さな菱形《ひしがた》の窓を作る。

「そうすると、窓の中に、もう会えないひとの姿が見えたり、二度と戻れない、懐かしい風景が見えたりするの。きつねの死んじゃったお母さんとか」

その窓の形を指で作りながら、ユカは嬉しそうに話していた。

「ふうん。何て題名の本?」

きつねの窓、というその童話を、わたしは書店に注文して取り寄せた。そして、ユカに渡す前にそれを読んでみた。きれいで、胸にしみる物語だと思った。

きつねの出て来る童話は、もの悲しい内容の作品が多い気がする。ごんぎつねというお話はわたしも覚えている。小学校の学芸会で劇を上演したことがあるのだ。それを話すと、ユカは大きく頷いた。

「そのお話も読んだことあるよ、ユカ。お母さんは何の役だったの?」

「村の子供・その六だったかな」

「そんなひと、あのお話に出て来たっけ?」

「出ないよ」

登場人物が少なくて、クラス全員が出演することが不可能なので、原作にない役を先生が強引に作ったのである。

「それでも役が行き渡らなかったので、主役のごんぎつねは二匹になったんだよね」

「そんなの全然、ごんぎつねじゃない」ユカが不満げに口を尖らせた。「それで、お母さん、台詞《せりふ》はあったの？」

「あるわけがないってば」

わたしは舞台の上手《かみて》から下手《しもて》までわあわあ喚声を上げながら走り過ぎただけである。それを言ったら、ユカに軽蔑《けいべつ》された。

「格好悪いね、お母さん」

ともあれ、ユカは、きつねの窓の物語がとても気に入っていたようだ。

あれは、待ち合わせの時間に十五分ばかり遅れてしまった日だった。ユカは店の奥のテーブル席で、わたしを待っていた。テーブルに肘《ひじ》をつきながら、妙な仕草をしている。はじめはなにをしているのかわからなかったが、ユカの視線がわたしを捉《とら》えたとき、それと悟った。きつねの窓を指で作って、そこから店内を眺めていたのである。

「遅いよ、お母さん」

細い指で作った窓の中から、足早に歩み寄るわたしを見つめながら、ユカはまぶしいほどの笑顔をみせた。

清さん用のボトルを出して、グラスと氷を用意しているうちに、また客が入って来た。土曜日はいつも動きが早いのである。

眼を上げると、中学校のときの同級生の長田《ながた》君だった。彼も常連だ。土曜日の顔触れはたいてい決まっている。いらっしゃいませを言う前に、長田君が口早に喋《しゃべ》り出した。

「今、駅前で、レレレのおじちゃんに怒鳴られちゃったよ」

「いたんだ」

おじちゃんは今日も健在だった。やはり、家に帰ってなどいなかったようだ。

「なにを言われたの」

「わからない。人間語じゃなかったから。でも、怒っていたみたいだった」

長田君は、ビールを注文した。

「それから腹が減った。腹に溜《た》まるもの、何かある？」

答えはわかっているだろうに、長田君は毎週、同じ質問をするのだった。

「やきそばくらいしか作れないよ」

「やきそばでいい」

まだ独身の長田君は、土曜日の夕食はうちの店のやきそばと決めているらしい。

「あのひとに、なにか悪いことでもしたの？」

瓶ビールをグラスに注ぎながら訊くと、長田君は、さあ、と首をひねった。

「中学生のころは、俺らの間で、いろいろ流行《はや》ったけどね。レレレの肝だめしとか」

「なにそれ」

わたしは冷蔵庫からキャベツを取り出してまな板の上に転がした。

「路上で寝ているおじちゃんの背中に蹴《け》りを入れて逃げるんだ」

長田君は笑いもせずに言った。

「そうすると、おじちゃん、物凄《ものすご》く怒るんだよね」

「それはそうでしょう」

横から清さんがあきれた声を出す。

「わめきながら真赤になって追いかけて来るんだけど、おじちゃん、足が遅いから誰も捕まえられないんだよ」

長田君は遠い眼をしながら言った。「懐かしいなあ」

「怒鳴られた理由はそれですよ」

清さんが言った。

「まさか、今さら。あんなことをおじちゃんが覚えているはずないですよ」

「フラッシュバックでしょう」

清さんがもっともらしく言う。わたしはキャベツをざくざく刻みながら、いい加減に同意する。

「ああなると、お酒も麻薬だからね」

ガス台に点火して、フライパンに油をひく。炒《いた》め物の音に紛れて、二人の会話が聞こえなくなった。

毎週毎週、必ずユカと会えるというわけではなかった。

なるべく、というよりほぼ絶対、わたしは日曜日を空けている。だが、ユカがわたしに会いに来られない日はある。それは避け難いことである。

そんな日は、あらかじめ決まっているとは限らない。日曜の午前、わたしの携帯電話に着信が入っている。それが、今日は行けない、というユカからの合図なのだ。

ユカはまだ携帯電話を持たされていない。したがって、電話をかけるのは家からということになる。二人が会っているのは内緒だから、わたしの留守番電話に伝言を残すことはできない。うっかり話して、元お姑さんや別れた夫に聞かれでもしたら、また会えなくなってしまうかもしれないのである。

その合図を受けても、わたしはマクドナルドに行ってユカを待つことにしている。それが単なるいたずらや、間違い電話でないとはいいきれないから。いいや、むしろ、そうであって欲しいから。

「ご注文は？」

ホットコーヒー。

「ホットコーヒーおひとつ。他にご注文はございませんか？」

ございません、と眼で答える。

「こちらでお召し上がりですか」

はい。ああ、ミルクとお砂糖はつけないで結構です。これからホットコーヒーひとつだけで、来ないであろう連れを待たせていただきます。

腹の中で言いながら、空席を探す。たいがいは、隅の壁に面したカウンター席に座る。昼食どきはとうに過ぎているというのに、店内のボックス席はほとんど埋まっていることが多い。

煙草《たばこ》を喫《す》いたい。けれど、喫えない。わたしが選んだ席は、禁煙席なのだ。ユカは煙草が嫌いだから、禁煙席に座っていなければならないのである。本か雑誌でも持って来ればよかったと、そんなときはいつも思うが、たとえ持って来たとしても、その内容が頭に入るとは思えない。
三、四歳くらいの男の子が喚声を上げて椅子の上に飛び上がる。やめなさい、と若い母親が大きな声を出してそれを止めている。座席の間をはしゃぎながら走り抜けるお兄ちゃんとその妹。ベビーカーを押す父親。ハンバーガーの包装紙をがさがさと開ける音に、ストローでジュースを啜《すす》る音。話し声と笑い声の絶える間はない。そして、嗅いでいるだけで胸焼けするようなフライドポテトの匂い。

四年前の日曜日は、夫とユカと一緒に、わたしもあの光景の中に確かにいたのだ。だが今は、午後一時の喧騒《けんそう》の中にただひとりで座っている。そんな客はわたし以外にいない。

長い一時間を待って、ユカが現れなかったら、あきらめて帰る。そのころには、髪の毛にフライドポテトの匂いがすっかり染みついてしまっている。

――お母さんは、駄目なひとだねえ。

また、ユカの言葉を思い出す。

わたしは、ママにもユカにも、いつも叱られてばかりいる。

「お待たせ」

やきそばを出したところに、また客が入って来た。いらっしゃいませ、と反射的に言いながら入口に眼をやって、わたしは息を飲んだ。

ユカの父親、別れた夫の浩孝《ひろたか》が立っていたのである。

わたしがユカを妊娠したとき、浩孝はまだ大学生だった。

そのころ、わたしは名刺やグリーティング・カードを扱っているデザイン会社に勤めていた。営業と制作を合わせても二十人足らずの小さな会社である。

私鉄の線路沿いにある五階建ての古いビル。その最上階にわたしの会社がテナントとして入っていた。ビルの一階はコンビニエンスストアだった。そこでアルバイトをしていたのが浩孝だったのだ。

わたしがその店を利用するのは、朝の出勤ついでか昼食時に限られていた。一方、浩孝は夕方からの勤務だった。ほとんど接点があるはずはなかったのだが、出会いというのはどこに転がっているものか、まったく油断はならない。残業が続いた十二月の繁忙期のある夜、同僚たちの夜食をまとめて買いにいくことになった。そこで買い出し係となったのが偶然わたしであり、そのとき、レジにいたのがたまたま浩孝だったのである。

籠《かご》いっぱいに詰め込んだ弁当やらカップ麺《めん》やらペットボトル飲料やらスナック菓子やらを見て、浩孝が露骨に面倒くさそうな表情をしたのを覚えている。後で聞いた話によれば、アルバイトをはじめて間がなかったのだそうだが、それも納得できる。苛々《いらいら》するほどもたついた会計だった。

「領収書をください」

そう言ってから、わたしは会社名を告げた。

「前株でお願いします」

浩孝は不思議そうな顔になった。そして、会社名の後にカタカナで「マエカブ」と書いてよこした。これで経済学部に在学していたというのだから、大学生というのは学校でなにを学んでいるのかわからない。

だが、こんなことが交際のきっかけになったのだから、わたしの男を見る眼も相当におかしかったと言わざるを得まい。浩孝は二歳齢下だった。

妊娠した。だから結婚したい。

わたしの言葉に、ママは反対も賛成もしなかった。

「好きにするしかないでしょう。あんたの人生なんだから」

それだけ言った。今思えば、ママにはいくぶん遠慮があったのかもしれない。未婚を通したママとすれば、結婚してはいけないとは口に出しにくかったのだろう。

浩孝の両親はいい顔をしなかった。

父親は極端に口数の少ない人で、あまり家庭内で発言権があるようにも見えなかった。また、事実、その通りであったらしい。

「まだ若過ぎますからね」

渋い表情を浮かべていたが、それ以上のことは言わなかった。

「そうですよ」

横で母親が頷いた。

「香子《きょうこ》さんはもう社会に出ていて、しっかりなさってるけど、浩ちゃんはまだ学生なんですよ」

　その言葉を、少なくとも賛成ではないようだ、と、わたしは楽観的に受け取っておいた。

「けれどねえ、よそさまのお家《うち》の娘さんですもの。私たちの口からはどうしろとも言えませんし。困ったわねえ」

　つまり、中絶しろとは言いたくても言えないということだ。それをいいことに、わたしはわたしの意志を通すことにした。

　浩孝の母親、のちのお姑さんは、浩ちゃんは大変、浩ちゃんは可哀想と、顔を合わせればそればかりを言っていた。

「浩ちゃんは運が悪い」

　とまで口走ったことがあって、そのときはわたしもさすがに腹に据《す》えかねた。

「向こうの親はひどいよ。浩孝のことしか考えてないんだから」

　憤慨して言うと、ママはあきれたように言った。

「当然でしょ。あたしだってあんたのことしか考えてないもの。親の気持ちなんてそんなもんよ」

　とにかく、そういう経緯で、わたしはユカを産んだのである。

浩孝の表情は、これ以上はないというくらい硬いものだった。

自分の顔は見えないが、わたしの方も似たようなものだろう。頰が固まってしまったような気がする。

お客として来たとは思えない。なにか話があるに決まっている。

「突っ立っていないで、とりあえず座ってくれる」

仕方なく、わたしはそう促した。

長田君は入口際、清さんは奥と、二人の先客はカウンターの端と端に離れて座っている。浩孝は一瞬迷ってから、二人の間、真ん中の椅子に腰を下ろした。他に選択の余地がなかったとはいえ、よりによって、込み入った話をするには最悪の場所を選んでくれたことになる。

「おふくろさんは、今日はいないのか」

こちらを見ないまま、浩孝が言う。

「入院しているよ」

「どこか悪いのか」

「悪くないところなんてないから」

ママが聞いたらさぞ怒ることだろうが、それどころではない。

「さあて」

清さんが立ち上がりかけた。長田君も清さんも浩孝を知らない。しかし、一気に重くなったその場の空気に、清さんがまず気付いたものらしい。気を利かせて場を外そうとした、というより、逃亡するつもりだったのであろう。

「何でもありません。ここにいらしてください」

浩孝が引き止めた。

「すぐに済みますから」

すぐに済む話の内容は、どうせ耳が痛いことだ。聞きたくない。だが、それが許されないのは明らかだった。

「そうですよ。来たばかりじゃないですか」

なぜか長田君まで口を出した。

「いましょうよ」

長田君にしてみれば、自分ひとりが取り残されては大変だという思いがあったようだ。

清さんは居心地悪そうに座り直した。

「日曜日、ユカに会っているんだろう?」

浩孝が単刀直入に切り出した。

「俺としては、もう会って欲しくないと思っている」

わたしは思わず眼を閉じていた。それは、予想された中でも最悪の言葉だった。

「今日はそれを言うために、ここへ来たんだ」


浩孝は大学を卒業し、自動車販売代理店に就職した。いうまでもなく、浩孝の給料だけでは、生活費はじゅうぶんではなかった。

親戚だけの結婚式も、新居となるマンションを借りたときも、互いの親から援助を受けている。だが、今後はなるべく親に迷惑はかけないようにしよう。それが、新婚生活にあたって、浩孝とわたしが最初に交わした約束だった。

ユカが二歳になってから、わたしは元の職場に復帰して働きはじめた。公立の保育園に空きがなくて私立しか選べなかったから、二人で働いても生活は楽とはいえなかった。

浩孝は、夜、まっすぐ家に帰らないことが多かった。

「俺は営業なんだから、つき合いがいろいろあるんだ」

というのが決まり文句だった。しかし、である。携帯電話が鳴っても決してすぐには出ようとせず、後になってこそこそとベランダに出、小声で通話をしたりメールを打ったりしているさまを何度か見ていれば、怪しいと感づかない方がおかしい。

「電話の相手は確かに女の子だけど、合コンで知り合った子たちで、個人的な交際はしていない。それも、行ったのは居酒屋にカラオケくらい。それから先はなかった」

それが浩孝の弁解だ。訊《たず》ねるまでもなく、そこで結婚指輪は外していたに決まっている。ぎりぎりの生活費から遊ぶための資金をどうやって捻出したか。その点を問い詰めると、母さんから金をもらった、とあっさり白状した。何のことはない。約束はまったくの無意味だったのである。

母ひとり娘ひとりで、商売をしているママがいつも金の工面に駆けずりまわっているのを見ながら育ったわたしと、立派な両親が揃っていて、金銭の苦労をしたことがない浩孝とでは、その辺の経済感覚が異なるのは、当たり前といえば当たり前の話だった。

浩孝が若過ぎるというのは、最初からわかっていた。浩孝の両親だって、それを心配していたのである。若いのを理由に遊ぶことも、予想できない展開ではなかった。承知の上で結婚し、ユカを産んだのだ。後になってそれを問題にするのは間違っている。

それらのことを、わたしは、頭では理解しようとしていた。が、行動がそれを裏切ってしまった。

「会うなとは言えないはずだよ」

わたしは浩孝を睨《にら》み据えて、言った。

「一週間に一度は会える。それが最初からの約束だったでしょう?」

「そう言うと思っていた。だから、俺の気持ちだと言っているんだ」

浩孝は声を荒らげた。

「けれど、自分の勝手で子供を抛り出しておいて、週に一回だけ母親面《づら》をするなんて、都合が良過ぎると思わないのか」

その言葉を聞いた刹那、わたしもつい大きな声を出していた。

「わたしはユカを抛り出したりなんかしてない」

断じて、そんなことはしていない。抛り出されたのはわたしの方なのだ。

会社に、憎からず思っている男がいた。十歳近く齢上《としうえ》で、妻子持ちである。

「うちの旦那は子供で困るんですよ」

相談とも愚痴ともつかぬ、そんな話を持ちかけたりしていた。男に対し、好意は抱いていた。それは確かだ。だが、どうにかなろうなんて下心はまるでなかった。結婚している女なら誰でもやっている気晴らしだ。少なくとも、意識の上ではそのつもりだった。

それが、会社の忘年会で泥酔し、気がついたらその男とホテルにいたのである。天井から壁一面に夜光塗料で描かれた星空を見ながら、わたしはほとんど呆然《ぼうぜん》としていた。

何てことだ、やっちまった。

どろどろに落ちた化粧も直さずに、真っ青になって外へ飛び出したら、夜はすっかり明けていた。そして、いつのまにか鞄《かばん》の中に投げ込んでいた携帯電話には、浩孝からの着信がびっしり残されていたのだった。

最初はしらを切ったものの、言い合いの果てに、わたしは本当のことを言っていた。うっかり口を滑らせたわけではない。嘘をつき通すほどの根気もなかったし、事実を告げることで、母親から金を借りてまで女の子と遊ぼうとする浩孝に思い知らせてやりたい。そう思っていたのである。

浮気をしたのも、浩孝のせいだ。

そんな自己中心的な被害者意識で自分が正当化できると思っていたのだ。

結果的に、思い知らされたのはわたしの方だった。浩孝も、それ以上にお姑さんもわたしを許さなかった。

「息子の顔に泥を塗ってくれた。あなたには母親の資格がない」

怒りに燃えた眼で言われた。

「こんなことなら、あのとき、あなたにいくら恨まれてもいいから、断固として結婚に反対しておくべきだった」

お姑さんは、相手の男を訴えるとまで言っていたのだが、最終的にはそれは沙汰やみになった。訴えればよけい、浩孝の顔に泥を塗ることに気付いたらしい。結局、その男とはその一夜限りであったのだが、お姑さんがわたしの上司に捩《ね》じ込《こ》んだお蔭《かげ》で、会社にはすべてが知れ渡った。

わたしは会社を辞めざるを得なかった。そしてその後、ママの店で働きはじめたのである。

「ひと晩の浮気の代償にしちゃ、ずいぶん高価《たか》くついたもんだね」

ママにはそう言われた。その通りだった。当然、親権は浩孝のものとなったし、会える日が間遠に減らされもした。

本当に、わたしにとってはこの上なく高価なひと晩だったといえる。

「なにも、一生会うなと言っているわけじゃない」

浩孝が言い方を少し和らげた。

「ユカだって、もう四年生だ。会いたいと言って会いに行くものを、いつまでも止められるとは思っていない」

「ユカを産んだのはわたしだよ。それを忘れないでね」

「忘れちゃいないよ」

浩孝の言葉が、再び棘《とげ》を含んだ。

「どんなひどい母親だって、ユカにとっては産みの母親だからな。それは否定できない」

ひどい？　わたしは言いたい言葉を辛《かろ》うじて飲み込んだ。

六年間、わたしは母親として失格だったのか。他の男と浮気したことですべてが帳消しにされるほど、ユカにとってわたしは駄目な母親だったのだろうか。

その話は、別れる前に何度もした。今さらそれを蒸し返したくはない。

だが、普段は記憶の底にしまいこんでいるさまざまなことが、わたしの内心に噴き出して来ている。いろいろなことが次から次へと思い出されて、かえって反論の言葉にはならない。

赤ん坊のころは、抱っこでないと寝なかった。蒲団《ふとん》に降ろした途端に泣き出すユカを、わたしは一日中抱えていた。自分が食事をするときですら、ユカを離せなかった。食べている物の味なんか、まったくわからなかった。

おむつを取る練習をしながらトイレを教えているとき、オシッコがしたい、出そう、出ると言うからトイレに連れて行ったのに、なにも出ない。

「出ないじゃないの」

「うん」

「さっき、出るって言ったでしょう」

「うん」

ユカは、便器に座ってにこにこしているだけだった。怒りたいのに怒るわけにはいかず、ほとほと困った。

はじめて保育園に連れて行ったとき、ユカは、今にも涙がこぼれそうなまるい眼を見開いて、それでも泣き出しはせずにわたしを見送っていた。そして後で鼻を膨らませて自慢をしたのだ。

「ねえ、今日、ユカ、泣かなかったでしょ？」

六年間、どんなときでも、ユカはわたしの傍《そば》にいた。いちばん近くで、わたしはユカを見て来たのだ。

父親である浩孝《あんた》はなにをしたというのか。お風呂にユカを入れるのは怖がり、紙おむつの買い置き場所は決して覚えずじまい。ユカが夜泣きをすれば、どこか悪いんじゃないか、医者に連れていけと他人事《ひとごと》みたいに言うばかり。手にした物は何でも口に入れてしまうから、置きっぱなしにはしないでくれ、何度そう頼んでも聞かなかった。結果、ユカは浩孝の牛革製のキーホルダーを口いっぱいに頬張って、唇のまわりが吸血鬼みたいに真赤になった。それはそれで笑い話にはしたけれど、もし飲み込んでしまって咽喉に詰まっていたらと思うと、今でもぞっとする。そのとき、浩孝はどうしたか。面白がってカメラを持ち出し、記念写真を撮っただけだった。自分が悪いことをしたなどとは、ただのひと言も口にしなかった。

わたしはユカを産んだ。そして、育てた。そう言ってはいけないのだろうか。完璧にはほど遠かったかもしれないが、わたしは確かにユカの母親ではなかったのか。

やがて、浩孝がぼそっと言った。

「女房が可哀想なんだ」

「再婚したの？」

わたしは咄嗟《とっさ》に訊いていた。ユカはそれを黙っていたのである。

「いつ？」

「二年も前だ。ユカはなにも言わなかったのか」

「……………」

二年前。

そうか、だからあの時期、ユカはわたしに会いに来たのだ。

はじめて気がつく。迂闊《うかつ》にも、わたしは少しもその可能性に思い至らなかったのだ。

わたしが黙っていると、浩孝が口を開いた。

「今の女房は、ユカの母親になろうとしている」

母親になる、だって。冗談じゃない。なれるものか。

「ユカが心を開いてくれるまではと言って、子供も作らないんだ。家族になりたい。そう思っているのに、今のままではそれができない」

ユカの母親はわたししかいないのだ。だからあの子はわたしに会いに来るんじゃないか。あの子はわたしを求めているのだ。

だが、口に出してそれは言えない。

ユカがわたしを必要としていればいるだけ、わたしがユカから奪ったものが、どれだけ大きかったのかがわかる。

わたしは、途方もなく大事なものを壊したのだ。それを今、改めて思い知らされている。

「女房とユカが家族になる。そのために、少し時間が欲しいだけなんだ」

浩孝はうつむいて苦しげな声を出した。

「わかれ、と言う方が無理かもしれないが、わかって欲しい」


いつか、ユカは指できつねの窓を作っていた。

窓の中の風景を眺めながら、わたしを待っていた。

家族連れだらけの店内で、そんな真似をしているユカの気持ちを、わたしはまるで理解できていなかった。

わたしはユカさえいればよかった。ユカの姿さえあれば、すぐに周囲の喧騒に溶け込めたつもりでいた。けれど、ユカの思いは違っていたのだ。ユカは、窓の中に見つけ出そうとしていたのである。

もはや、魔法でしか取り戻せない風景。わたしがこの手で壊してしまった風景を。

「……わかりました」

たったひと言を、わたしはようやく口に出した。

本当はわかりたくなどない。そのことが、ユカにとって正しいことかどうかもわからない。だが、少なくとも、わたしにはもう与えられないものを、浩孝はユカに与えようとしているのだ。それを邪魔することは、わたしにはできない。

「そうか」

しばらくの沈黙ののち、浩孝は立ち上がった。

「酒、あんまり飲み過ぎるなよ」

「ご親切に」

「駅前に変な酔っ払いのおやじがいた。ああなっちゃ悲惨だからな」

浩孝はそう言い棄《す》てて店を出て行った。あまり親切心からの言葉ではなかったようだ。

「香子も、いずれはレレレのおばちゃんか」

いかにもまずそうにやきそばを啜りながら、長田君が呟《つぶや》いた。

「それはちょっとひど過ぎるよな」

明日、わたしは待ち合わせの店には行けない。

あの店にある、日曜日の家族の風景。浩孝の今度の奥さんは、ユカにとっていいお母さんになってくれるだろうか。わたしがユカから奪ったものを、そのひとは再び与えることができるのだろうか。

わたしには与えられない、決して取り戻せない風景。

――窓の中に、もう会えないひとの姿が見えたり、二度と戻れない、懐かしい風景が見えたりするの。

ユカの言葉を思い出して、わたしは指で四角い窓を作ってみた。

「何だい、それは」

清さんが訊く。

「きつねの窓」

わたしは答えて、中を覗《のぞ》く。

――お母さん、魔法を忘れてる。指先に桔梗の花の汁をつけないと、なにも見えないよ。

「俺も、両親が別れているけど」長田君が言う。「おやじともおふくろとも、今でもよく会ってるよ」

ありがとう、とわたしは応じる。

「もう四年生なんだろう。父親がなにを言ったって、言いつけられたことを素直に守るのは今のうちだけだよ」

長田君が続ける。そう思う、とわたしは言う。

いつか、ユカが作った小さな窓。その向こうから、わたしを見つけて輝き出す、ユカの笑顔。わたしは強く唇を嚙《か》む。

「あんまり落ち込み過ぎちゃいけないよ。これから一生会えないわけじゃないんだから」

清さんが言った。そうですよね、とわたしは頷く。

だけど、もう、九歳と八ヵ月のユカに会うことはない。

物語の中で、猟師は鉄砲と引き換えに窓の魔法を教えてもらった。けれど、わたしはなにを引き換えにすればその窓を手に入れられるのだろう。

視界がぼやける。にじんだわたしの窓からは、どんな風景も見えはしなかった。

——お母さんは、やっぱり駄目なひとだねえ。

ごめんね、ユカ。

おかえり、ボギー

いらっしゃい。

おや、高田《たかだ》さん。毎度どうも。

大丈夫、始発が動き出すまで営業していますよ。うちは、昔から、終夜営業と、良心的な価格設定だけが自慢のラーメン屋でね。まだ、あの曲を流す時間じゃありませんよ。

味は自慢じゃないのかって？　そりゃ、好《す》き好《ず》きですよ。実際のところ、間違ったって行列なんか、できたことはないけどね。

足もとに気をつけて、床が滑りますからね。

まだ、だいぶ降っていますか？　この季節、雨は厭《いや》だね。まあ、年中雨は厭なもんだけどさ。

奥にいるお客さん、寒いんですか？　さっきから、帽子もマフラーもそのままで。暖房もっと利かせましょうか。大丈夫？

高田さん、なにをきょろきょろしているの。有子《ゆうこ》だったら、元気ですよ。この雨で暇だったから、今夜は早めに上がらせたんです。店じまいのとき、また下りて来ますよ。ポータブルCDデッキを後生大事に抱えてさ。

高田さん、有子の顔が見たくて来たの？　物好きだね。あいつ、コブつきですよ。しかし、いけませんね、妻子持ちでしょうが。

有子もね、子供にだいぶ手がかからなくなったから、ここを手伝って働いてくれるようになって、正直言って助かってますよ。なにせ、このごろじゃ、女房がまるで働けないもんだから。まったく、丈夫なだけが取柄の女だったのにね。階段から落っこちて、足の骨を折ってからこの方、あっちが痛むのこっちが痺《しび》れるの、年がら年中ぼやくようになっちまって。まったく、ここ何年か、あたしのまわりは、どこもかしこもごたごた続き。いい加減で勘弁してほしいもんですよ。

で、何にするの。瓶ビール？

かなり飲んで来たんだろうに、この寒いのによくビールなんか飲む気になりますね。うちのラーメンは食べたくない？　どうせお客が来そうもないからって、ガスの火をもう落としてるんじゃないかって？　とんでもない。なにか注文さえしてくれれば、喜んで作りますよ。

餃子《ギョーザ》もあるよ。夕方、TV《テレビ》観ながら、有子がせっせと包んでたやつ。お腹《なか》がいっぱいだって？　満腹なのに、ラーメン屋に来るってのが、どうも解《げ》せないね。うちは居酒屋じゃないよ。ラーメン屋なんですよ。

いいや、別に、店に来るなと言っているわけじゃないけどさ。

奥のお客さんも、ビール追加ですか。おつまみは要らないの？　餃子もあるんだけど。

要らない？　お腹がいっぱい？　そう？

え？　どうして、最近じゃ、店じまいにあの曲をかけるようになったのかって？

高田さん、知らなかった？　話してなかったかなあ。


ことの起こりはね、マユミちゃんの息子なんです。

マユミちゃんていうのは、今でも時々顔を見せるけど、もう三十何年ていうつき合いのお馴染《なじ》みさん。ここに顔を見せるようになった当時は、二丁目にあったグランドキャバレーのホステスをしていました。

マユミちゃんは若くして結婚して、子供を産んで、離婚した。ほとんど無一文で家を出て、東京に働きに来たんだそうです。しかも息子を連れていたから、大変でした。勤めていた店で住むところを紹介されたけれど、玄関もトイレも共同の安アパートだったそうです。

時代を感じるって？　そうですねえ。マユミちゃんがここに来だしたのは、長嶋茂雄《ながしましげお》が引退した年じゃなかったかなあ。そんなこと、話題にした覚えがありますよ。

マユミちゃんは、広島の出身なんです。そのキャバレーは、日本全国の女の子が勢ぞろいしているってのが売りで、胸に出身地が書かれた札をつけたホステスが、方言を使えば使うほど喜ばれるというお店でした。

女の子といっても、そのころ、二十代の半ばだったマユミちゃんが最若手だったそうですからね。みんな、そんなに若くない。しかも、店のあるビルの一部屋が、子連れのホステス専用の託児所みたいになっていた。そこに、良《りょう》を預けて、マユミちゃんは仕事をしていたんです。

あ、言い忘れていたけど、良ってのが、そいつの名前ですよ。マユミちゃんの息子。いや、あたしは行ったことはないですよ。マユミちゃんから話を聞いただけ。気取りがないというか、味わい深いというか。まあ、偉い政治家の先生やら、羽振りのいい若手ビジネスマンやらは、まず足を向けないお店だったでしょうね。

明け方まで仕事をして、良を引き取って帰る。帰り道に、母子二人で、ラーメンを一杯食べる。それがうちの店だったわけです。あの時分、この界隈《かいわい》では、そんな時間に開いている店なんて、ここ以外になかったですからね。

「残さんと、しっかり食べんね」

マユミちゃんは、眠そうにしている良に、よくそんな言葉をかけていました。

「あんた、食の細かねえ。そんなんじゃ、立派な男になれんよ」

良も、こっちへ来たばかりだから、まだ向こうの言葉を喋《しゃべ》っていた。

「ここのラーメン、まずいけん、よう食わん」

正直言って、あんまり可愛いガキじゃねえな、とあたしは思っていたんですがね。

マユミちゃんは、うちの女房と気が合ったんです。良と有子が同じ年齢でしたしね。自然、マユミちゃんが働いている間、うちで良の面倒をみるようになりました。うちって、ここの二階ですよ。現在の建物に改築する前、この店がまだ木造だったころです。

それまでは有子ひとりだったから、留守番をさせていても静かなものでした。が、あいつを預かるようになってからは大変でした。どすんどすん、階上から騒音が落ちて来ない日がない。

「良ちゃんが箪笥《たんす》の上によじ登って、そこから飛び降りた」

その結果、頭から床に落ちて、鼻血を出して泣きわめいたりするんです。有子はいつも怒っていました。

「良ちゃんが悪いの。やっちゃいけないって、わたしはちゃんと注意したのに」

小さいころは、女の子の方がしっかりしていますからね。その当時は、有子の方が良より背も高かったし、口も達者でした。ちょっと言い争いになっても、良のやつは情けない。ブス、か、デブ、なんて言葉しか言えない。その間、有子に五倍は悪口を言われている。最終的には張り飛ばされる。良はよく泣かされていたもんです。

保育園も小学校も、同じところに通いました。クラスも、ずっと一緒でね。よくよく縁があるって？　そんなんじゃないですよ。土地代は上がる、古くからの住民は追い立てられるで、街はどんどん過疎化が進んでいて、このあたりの公立小学校は生徒数が少なくてね。一学年一クラスしかなかっただけの話なんです。遂には廃校になっちゃいましたけどね。

あれは、あいつらが小学校一年生か二年生のときだったと思います。夏休みのちょっと前に、お楽しみ会っていうのがあった。子供たちが班に分かれて、それぞれ演《だ》し物《もの》を発表する催しですよ。有子と良は同じ班でした。それで、歌番組ごっこをするということになったんです。有子は仲良しの子と組んで、ピンク・レディーを歌いました。あの当時はピンク・レディーが流行《はや》っていて、御多分に漏れず、有子もファンだったんですよ。

曲名ですか？　あれですよ。左利きのお姉ちゃんが、王貞治《おうさだはる》を三振させるやつ。

で、そのとき、良はジュリーを歌った。

そこでジュリーが出て来るのは、マユミちゃんがファンだったからでしょう。マユミちゃんは面食いなんですよ。離婚した、良の父親も彫りの深い顔立ちに惚《ほ》れたって言ってましたからね。で、いろいろ苦労が絶えないんです。

とにかく、良が歌った曲が「カサブランカ・ダンディ」でした。

ジュリーが歌いながら、ポケットからウイスキーだかバーボンだかの小瓶を取り出して、口に含んで吹き出す。あの真似がしたかったんですね。

いや、そのころ、歌詞の意味は、あいつにはわかっていなかったでしょう。だって、聞き分けのない女の頰《ほ》っぺたをひとつふたつ殴《なぐ》っちゃう、ハンフリー・ボガートみたいな男がうらやましいって歌ですよ。

今だったら大変だって？　そうですねえ。ドメスティック・バイオレンスだって言われますねえ。

けど、その会の後で、ジュリーのその歌は、学校で歌うのを禁止されちゃったんだそうですよ。良の真似がきっかけで、口から液体を吹き出すのが、男の子たちの間で大流行しちゃったらしい。

ま、その中でも先頭を切って突っ走っていたのは、やっぱり良だったみたいですけどね。

「給食の時間に、まわりに向かって、牛乳を吹き出しまくってたのよ、良ちゃん」

有子は軽蔑《けいべつ》しきった口調で言っていましたよ。

「男ってバカばっかり。その中でも、良ちゃんは本当に最悪」

そうですか。ジュリーの曲もピンク・レディーも、両方とも、作詞家は一緒でしたっけね。

阿久悠《あくゆう》でしたか？　懐かしいですねえ。

＊

中学生になってから、良のやつは不良になっちゃったんです。

「名前は良なのに、裏目に出よった」

マユミちゃんが嘆いていましたが、その原因は、彼女自身にあったんじゃないかと思います。

マユミちゃんは、良が小学校五年生のときに、再婚したんですよ。

「相手は、どんなやつなんだ」

その男に、あたしは会ったことがなかったんです。それで、引き合わされたことがあるという女房に訊《き》いてみました。

「美容師になりたくて、見習い中の子。そこそこ二枚目なのよ」

「子？」

要は、マユミちゃんよりだいぶ齢下《としした》なんです。よくよく話を聞いてみると、見習い中といったって、どこの美容院に勤めても長くは続かない。店から店へ転々としていて、現在は職探し中だというんです。

「つまりは、無職なんじゃないか」

齢下で、二枚目で、定職なし。よりによって、そんなやつを選ばなくてもねえ。誰から見たってあんまり幸せになれそうな結びつきじゃない。それどころか、不幸の香りしか嗅《か》ぎ取れないじゃありませんか。

「けどね、当人になにを言ったって、こういうときは聞き入れるもんじゃないのよ」

女房も溜息《ためいき》をついていましたが、これまでずっと母子二人で暮らして来た良にしてみれば、それじゃ済まされない。かなり手痛い衝撃だったと思います。

けど、不良化したといったって、はじめのうちは、いたずらっ子の延長みたいなものでした。

煙草《たばこ》を喫《す》う。路上に置いてある自転車や原付をかっぱらって乗りまわす。髪の毛をばりばり固めて突き立てる。学生服を改造する。良も、不良として、その方向に進まなければならないと考えたんですな。

一軒、近所の洋服屋で、そういう加工を引き受けてくれる店があったみたいなんですが、良には先立つものがなかった。そこで、仕方なくマユミちゃんに頼んだら、そがいにややこしいことは無理じゃとあっさり拒否された。そもそもマユミちゃんは針仕事をしたことがなかったんです。ぞうきんとか給食袋とか体操着入れとか、保育園や学校で作られるものは、それまでもたいていうちの女房が引き受けていたんですからね。で、次に有子に依頼を持ち込んだんです。むろん、有子はただじゃ承知しなかったと思います。

「どうしてわたしがあんたの制服を直してやらなきゃいけないの」

なんて言ってごねて、さんざん恩に着せたに決まっています。

それから？

もちろん失敗したんですよ。有子が改造したボンタンは、いったん穿《は》いたら最後、足首のところで引っ掛かって脱げなくなるような、悲惨な代物だったらしいです。無理もない。有子の家庭科の成績は2とか3とか、とにかく、よくはなかったですからねえ。

「良ちゃんが半泣きになって、どうしてくれるんだってうるさいから、母さん、何とかしてやって」

言葉は強気でしたが、有子はさすがにちょっとばつが悪そうでした。

「そんなの抛《ほ》っとけ」

って、あたしは言ったんですよ。

「でもね、有子が失敗した後始末だけはしてあげないと可哀想じゃないの」

女房はせいぜい工夫して、どうにか着脱できる程度には縫い直してやったんですが、実に変てこな格好になっちゃいましてね。

「売れ残りのバナナみたいだ」

そう言ったら、女房に叱られました。

「あんた、それ、良ちゃんに言ったら駄目よ。傷つくから」

それからというもの、良がいくらいっぱしの不良ぶって街を闊歩《かっぽ》したって、いかんせん、腰から下はバナナのお化け。ぜんぜん締まらなかったと思います。

まさか、それを恨みに思ったわけでもないんでしょうが、ある晩、良は原付にまたがって、この店の周囲をぐるぐる走りまわったんです。そして、大声で言い立てやがりました。

「この店のラーメン、まずいラーメン、腐ったラーメン」

文句なら、有子に直接言えばいいのに、きっと、それができないんで、この店を罵ったんでしょうね。情けないやつです。

そのくらいならまだしも、良のやつは次の晩もやって来ました。

「おやじ、便所から出た後で、ちゃんと手を洗ってるか?」

とんでもないことを叫びやがる。

「本当に洗った?」

たまたまいたお客さんには、厭な顔をされるし、まったく、洒落《しゃれ》にならないっていうんですよ。

うちにいたずら電話をかけて来たこともありました。

「もしもし、再来軒《さいらいけん》さんですか。三丁目の雀荘《ジャンそう》マスダです。チャーシューメンを十五、餃子を二十、炒飯《チャーハン》を十二、お願いします」

出前の注文のふりをするんです。こういうのは底が浅い。女房も心得たもんで、すぐに切り返す。

「恐れ入りますが、ご注文を繰り返していただけますか」

良の頭で、同じ数がもう一度言えるはずがない。それであいつの仕業だとわかる。

あの当時、そんなことがあるたびに、毎回毎回、腹は立ったけど、今になれば思い当たるんです。

本当は、再婚した相手の男にぶつけたかったものを、良はあたしに当てて、甘えていたんじゃないかってね。

まあ、ありがたくない話であることには違いないんですが。

高校に入ってから、良はさらに悪くなりました。とうとうそれで、鑑別所に入る破目になっちゃったんです。

悪いといっても、暴走族の仲間入りをするとか、喧嘩《けんか》に明け暮れるとか、いかにも不良的な王道には行きませんでした。なにせ、あいつが乗りまわしていたバイクはずっと原付でしたし、喧嘩だって、有子に負けていたくらいですからねえ。たぶん強くなかったんでしょう。

どうなったのかというと、知能犯的に悪くなったんです。といっても、良のことですから、たかの知れた知能ではありますがね。

もし、親が金持ちだったら、良も違った方向に進んだのかもしれません。けど、マユミちゃんにはお金がなかった。三十路《みそじ》を過ぎて、亭主を持っても、相変わらずの飲み屋勤めで、一所懸命働いていたんですけど、稼ぐ傍《そば》から吸い取られちゃう。誰にって、亭主にですよ。

そのころ、美容師志望だったそいつは、なにをしてたと思います?

「最近はパチプロなんだって」

女房が言っていました。

「朝の開店から閉店まで、ずっとパチンコ屋に詰めきりの毎日だそうよ」

そういうの、プロだの何だのというより、やっぱり無職っていうと思うんですけど。

「でも、良ちゃんは偉いのよ。母ちゃんに迷惑はかけたくないからって、アルバイトしてお小遣いを稼いでいるんですって」

女房は単純に感心していたんですが、そのアルバイトが曲者《くせもの》だったんです。

良が鑑別所に入ったきっかけは、あいつの同級生のひとりが盗難自転車に乗っていたことでした。その同級生が警官に捕まって、尋問された途端に、自分が知っていることをぜんぶ喋っちゃった。

「この自転車は、同じクラスの清水《しみず》良くんから、三千円で買ったんです。別に欲しくなかったんですけど、友だちなんだから買えと無理矢理に押し付けられたんです」

どうも、あんまり頼りになる友情じゃなかったみたい。

良は、小遣い稼ぎに友だちを協力させていたんです。それも、気の弱い、自分に逆らえないような子ばかりを選んで、強引に巻き込んでいた。

「稼がせてやるから、手を貸せ」

そう言って、自分では直接手を下さず、友だちにいろいろやらせていた。自転車やバイクを盗ませるのはもちろん、雑誌やカセットテープを万引きさせて、それを他の友だちに押し売りして。

ああ、そういえば、あのころはまだ、レコードとカセットテープの時代だったんですね。昭和が終わるちょっと前。ＣＤなんて、まだ、持っているひとは少なかったんじゃないかなあ。

それはさておき、良の話です。

スーパーマーケットでアルバイトをしている子を唆して、倉庫から商品を持ち出させ、それを故買屋《こばい》に売り飛ばしたりもしていたというんですから、かなり本格的な窃盗行為を働いていたんです。こうなると不良とはいえない。立派な犯罪者ですな。それが良のいわゆる「アルバイト」の実態だったわけですよ。

そして、せいぜい兄貴分ぶって、こう請け合った。

「万が一バレても、俺は絶対にお前の名前を売らない。仲間なんだからよ」

マユミちゃんに向かって、迷惑はかけないなんて大見得を切ってみせたこともそうですけど、どうもそのころから、良には格好つけ病というか、虚勢張り癖というか、そういう性格があったみたいです。

実際、あいつは警察では誰の名前も出さなかったらしいですよ。自分ひとりがやったことだと言い張ってね。

「やったことは悪いけれど、そういう部分は、なかなか男気があるじゃないか」

マユミちゃんに、あたしはそう言ってやりました。

あたしらが子供の時分は、誰かしらが教えたもんですよね。男なら、黙って責任を取れ。強がって、やせ我慢をしてでも、自分の矜持《きょうじ》を守れ、なんてことをね。別に、父親や教師から教えられるわけじゃなくても、映画なんか観ていれば、そんな男が主役なのが当たり前だったでしょう？

いや別に、高倉健《たかくらけん》の主演映画に限った話じゃなくてもさ。

いつの間にか、ぺらぺら本音を言って、我慢をしない方がよくなっちゃった。昔はそういうやつの方が悪役で、最後は堪忍袋の緒が切れた健さんにお命頂戴されちゃってたものなのに。

いや、いつの間にか、なんていう話じゃないね。そういう大事なこと、あたしたちはもう、子供たちに教えて来なかったんだ。

きっと、自分自身に課していたことが、良にはあったんでしょう。誰に教わったわけでもないのにね。

けど、そんなことは、自分の息子が手錠に腰縄つきで歩いているのを目の当たりにしてしまったマユミちゃんにとっては、あまり慰めにはならなかったようでした。

「迷惑はかけたくない？　どの口が言うた与太じゃ」

確かに、親にとって、これ以上の迷惑はないって話ですけどね。

有子も冷静でした。

「良ちゃんのことだから、単にジュリーの歌に影響されただけじゃないの」

自分がボギーになったつもりで、やせ我慢が粋《いき》なものだと思い込んでいる。なるほど、そんなところだったのかもしれません。

おまけに、いざ事件が露見したとなるや、仲間たちから一斉に密告《ちく》られちゃったんですから、話にならない。

「良くんが、やれ、と言ったので、やりました」

「良くんに命令されたので、仕方なくその通りにしました」

みんながみんな、大合唱、良の名前を売りまくりました。調べれば調べるほど、ぼろぼろ余罪が出て来た。それで、あっさり少年鑑別所行きが決まっちゃったんです。

「おかしいなあ」

良はかなり落ち込んでいたらしいです。

「ひょっとして、みんな、俺のことを仲間だと思ってなかったのかな」

って、気付くのが遅過ぎるっていうんですよ。

本人がいくらやせ我慢を貫いてみせたって、周囲の思いはまるで違ったんじゃ、仕方がない。

少年鑑別所で、三週間かそこら過ごしてから、良は保護観察処分になりました。弁護士は城戸《きど》先生というおじいちゃんです。マユミちゃんの古くからのお客さんで、格安料金で、審判の付添人を引き受けてくれたんだそうです。

「ヘネシー一本、ただで入れてくれればいいって、城戸先生、気持ちよう引き受けてくれたんよ」

どうも、安過ぎるような気もしましたが、マユミちゃんは素直に喜んでいました。

マユミちゃんはこのころ、再婚相手とようやく別れたんですよ。良の一件があったことで、踏ん切りがついたみたいです。それについちゃ、こっちは内心、よかったなあと思っていました。

「良のやつ、結果的には親孝行をしたことになるんじゃないか」

女房と、そんな風に話したりしていたんですけどね。

だけど、マユミちゃんが、手錠に腰縄つきの息子の姿を見るのは、これきりというわけではなかったんです。


そろそろ、暖簾《のれん》をしまいますよ。火曜日だし、さすがにこの時間になれば、もうお客さんも来ないだろうしねえ。

＊

まあ、子供のうちはいろいろあったけれど、成人してからの良は、見違えるように真面目に働きはじめたんです。

ひとりでアパートを借りて、自活し出したときは、マユミちゃんはずいぶん心配していました。自堕落な生活に落ちてしまうんじゃないかとね。けど、取り越し苦労だったようです。

「あの子、朝晩ちゃんと自炊して、部屋もきれいにしとるのよ」

マユミちゃんは首を傾《かし》げていました。

「そんなこと、あたしだってようせんかったのに」

それを聞いて、あたしは、ははあと思ったんですよ。

「朝起きて、三食きちんと摂《と》って、夜は眠る。起きたら蒲団《ふとん》はちゃんとたたむ。使った食器はすぐに片付ける。便所はいつもぴかぴか。そういう生活はやはりいいもんだよね、おじさん」

鑑別所を出てすぐのころ、選手宣誓をしている高校球児みたいにすがすがしい顔つきで、良がそんなことを言っていたんです。この野郎、いきなりさわやかに更生しやがって、薄気味悪いやつだと思わないこともなかったし、そんなことを聞いちゃうと、マユミちゃんがそれまで良と送って来た家庭生活が眼に浮かぶようで、気まずい感じもしたんですけど。

ともあれ、あの中で過ごした経験は、良にとって、決して悪くなかったんですね。

大人になってからの良とは、会う機会も減りました。けど、マユミちゃんはこの店にちょくちょく顔を見せていましたし、時々、有子が良と会っていたみたいで、噂《うわさ》はよく耳にしていました。

いくつかのアルバイトを転々とした後、二十二、三歳のときでしたか、良は食品販売会社に勤めはじめたんです。社長と専務が兄弟で、経理が社長の奥さん、社員はぜんぶで五、六人という小さな会社でした。

良の仕事は運転手です。仕入れた商品を荷台に積み込んで、卸し先に配送する。饅《まん》頭《じゅう》とか煎餅《せんべい》とか、主に地方銘菓を扱っている会社だという話でした。

社長というのは、まだ若い、四十歳を過ぎたばかりの男だということでした。親分肌で、活動的。週に二、三度は良や他の社員を引き連れて酒を飲みに行く。

「その社長さん、良ちゃんにあんまり悪いことを教えてくれなきゃいいんだけどね」

話を聞いた女房が言っていました。というのは、飲みに行くばかりじゃない、良を含め、社員はみんな二十代の若い男ばかりでしたから、他の場所もまわって遊んでいたわけです。むろん、ぜんぶ社長の支払いです。

「ずいぶん景気がいいんだな」

バブルの後とはいえ、不景気がまだそれほどひどくはなっていない時代でしたけど、それにしてもねえ。

「良ちゃんは社長さんに頭が上がらないみたい」

有子もそんなことを言っていたことがありました。そりゃ、遊びの金まで負担してもらったんじゃ、頭も上がらなくなりますよ。

結局、のちのちになってから、そのことが仇《あだ》になったんです。

しかし、この時点では、良より有子の方に問題があるように見えました。

有子は、良とは違って、目立っておかしな真似もしないで育ちました。家庭科はあんまりできなかったけど、他の成績はまあまあ。まともな学生でした。そして、無事に学校を出て、保育師の資格をとって、私立のキリスト教系保育園で働きはじめたんです。

「有子ちゃんは無事に育って、うらやましいわ」

マユミちゃんは溜息混じりに言っていましたけどね。女房がこう言い返していました。

「でもねえ、無事過ぎるというのも、考えものなのよ」

中学高校大学と、ずっと女子校だったせいか、有子のまわりには、男の影がまったくなかったんです。親としては確かに安心でした。

「またまた、贅沢《ぜいたく》言うてからに」

マユミちゃんが口を尖《とが》らせました。

「有子ちゃんが品行方正な娘さんだったお蔭《かげ》で、長い間、心穏やかに過ごせたんでしょうが?」

「それにしたって、限度というものがある」

あたしは思わず口を出していました。

「平穏な日々も、四半世紀も続いちゃ異常事態だよ」

仕事が仕事だけに、化粧もほとんどしない。勤め先の同僚は女ばかりだし、相手にするのは、六歳以下のよい子たち。おまけに上司は尼《あま》さん。有子には、間違いの起こりようがありませんでした。

　休みの日だって、一緒に遊びに行くのは、決まって女の友だちです。それでも、外へ出かけてくれるならまだましで、ジャージの上下にざんばら髪という、ホームレスのおっさんみたいな格好で、日がな一日ごろごろしていたりもする。

「あいつには、なにかないのか。適齢期の娘らしい、華やいだ話が」

　女房に訊いても、うつろな眼をするばかりでした。

「知らない。ないんじゃないの」

　あたしとしても、うつろな眼になるしかなかった。

「よっぽどもてないのかな」

　二十代の終わりになっても、一向に男の影が出て来ない。別の意味で心配になって来ちゃいましてね。

　実際、有子はそれほどひどいご面相ってわけじゃない。もっと物凄《ものすご》いのが、町にはうようよしてる。そんな連中でも、ちゃんと男を捕まえて、うまいことやってるじゃないか。解せないなあと思うのは、親の欲目なんでしょうかね。

　たまに男から電話があった、と喜んでみれば、良からなんですよ。

「今度の日曜日、二人とも小学校の同級生の結婚式に招《よ》ばれているから、その打ち合わせですって」

女房は、面白くもなさそうに言っていました。有子を置き去りに、友だちは順調に片付いていっているらしい。

その結婚式に、有子は成人式のときに作った振袖姿で出席したんです。式から帰って来たとき、有子はひどく怒っていました。

「この着物、わたしはもう二度と着ない」

「どうして？」

「良ちゃんがわたしを見て、演歌歌手みたいだって言ったのよ」

有子もだんだんいい年齢になって来たもんだから、大振袖って柄じゃなくなっちゃったんです。良がそれを言いたくなる気持ちもわからなくはない。

「良は元気だったか」

「二次会で、ジュリー歌って、お酒吹いてた。いつもいつもあればっかり。だから彼女ができないのよ」

その点については、有子は、あいつのことをとやかく言えた立場じゃなかった。

しかし、考えてみれば、有子が口に出す男の名前といえば、良に決まっていました。いつだって、あいつのことばかりだったんですよね。

それでも、その後、ようやく有子はちょっと色気づいたんです。

毎日の帰りが遅くなって、日曜日には家に落ち着いていないことも多くなりました。それまでは来る日も来る日もぼやけたような顔をしていたもんですが、化粧をして、眉や眼がくっきりはっきりしている日が、眼に見えて増えて来たんです。

「あいつ、最近、お盛んなようだな」

そうなってみればみたで、あたしは手放しで喜ぶというわけにはいかなかったんですが、女房の方は嬉《うれ》しそうでした。

「この前、お友だちの結婚式に出席して、いろいろ考えるところがあったみたい。このままではいけないとさすがに思いはじめたんでしょう」

良に演歌歌手と言われたことも、けっこうこたえたのかもしれません。

そうして、有子に春の気配が漂って来たと思った途端、このごろは滅多に顔を見せなかった良が、うちのまわりをうろうろするようになりました。

「どうしたんだよ」

店に顔を出したんで、訊いてみたんです。

「この近くまで来たもんだから、おじさんは生きているかと思ってさ」

良は、きまりが悪そうな顔をして、笑っているばかりでした。

「何か食っていくか」

「いいや。俺は近ごろ、味にはうるさいんだよ」

憎まれ口の方は、昔から少しも変わらない。

ある晩、他の友だちと会うと言って出かけていたはずの有子が、なぜか良と一緒に帰って来たことがありました。その日もちょうど今夜みたいな雨降りで、お客さんもいなかったから、あたしは店の外に出て一服していたんですよ。そして、有子と良がすぐそこの角を曲がって来るところを見たんです。相合傘でね。

あたしは何の気なしに二人の様子を眺めていたんです。そのとき、良は折りたたみ傘を有子に差しかけていた。黒だったか紺だったか、よく覚えちゃいませんが、あいつの肩が半分以上はみ出していたくらい小さな傘でね。夜目にもはっきり折りたたみと気付いたくらいですから、全体的にへなへなしていて、とにかく頼りない代物でした。

傘の下で、なにか喋りながら、こちらへ向かって歩いて来る。二人とも、愉《たの》しそうでしたよ。けど、それは、あたしがこれまで見たことがないような表情でした。かなり近くまで来たのに、二人はまだあたしに気付かない。話に夢中で、それどころじゃなかったんでしょう。

あたしは、そうっと店の中に戻りました。いたたまれなくなっちゃったんです。

このごろ、良がやたらと出没するようになった理由が、ようやく腑に落ちたんです。何のことはない。我が娘の遅過ぎた春の訪れに、あの野郎が素直に反応しちゃっただけのことなんですよ。二人とも、まるで猫だ。こっちが恥ずかしくなっちゃう。

こいつら、いつの間にか大人の男と女になってしまったんだなあって、そう思ったんです。

「お前、いっそのこと、良と一緒になっちゃえば？」

後であたしがそう言ったとき、有子はうんざりした表情をしてみせました。

「やめてよ。今さらそんな気分になれるわけないじゃない」

そんなこと言って、すっとぼけていやがった。結局は、そんな気分になったんじゃないか。


けれど、有子と良の仲は、なかなかその先に発展しなかったんです。そして一年二年と歳月ばかりが流れていく。

「このごろじゃ、あの子、結婚式へのお招ばれもなくなったのよ」

女房が暗い顔をしていました。

「友だちはみんな、おさまるところにおさまっちゃったもんだから」

といって、こういうことばかりは、周囲が気を揉《も》んだところでどうにもならない。

「うちはいつでも平穏無事なんだよ。それでいいじゃないか」

あたしとしては、そう言うしかありませんでした。そんな会話が耳に届いても、有子は知らんふりをしていましたしね。

しかし、実際のところは、平穏でも何でもなかったんです。

有子にしても、良との間で結婚話をしていないわけではなかった。けど、それが進まない事情があったんです。

「会社が持ち直すまでは無理だろうって、良ちゃんは言っていたの」

後になってから、有子が話していました。

「わたしだって、変だとは思っていたけど、まさか、あんなことになるなんて思わなかったもの」

その時期、良の会社は、どんどん雲行きがおかしくなって来ていたんです。

これまでの取引先とのつき合いがなくなる。仕事が暇になる。社長が給料日に給料をちゃんと渡さなくなる。

そのうちに、毎朝会社に出勤するのは、事務員のおばさんと良だけになっちゃいました。社員が次々に辞めていって、専務は会社に顔を出さなくなる。

他の社員が辞めてしまったのは、そのころはみんな家庭を持つようになっていたせいだったと思います。奥さんや子供があれば、給料が滞るような会社にいつまでも縛られているわけにはいかないですからね。早いうちに見切りをつけなくちゃならない。それができなかったのは、三十歳を過ぎてもまだ独身でいた良だけだったんです。

良だって、給料がもらえなくちゃ困るには違いないんですが、あいつはこう言っていたらしい。

「俺だけでも残っていないと、社長に悪い」

景気がいいときにはさんざん世話になったんだから、ちょっと左前になったからって見限るわけにはいかない。それが良の言いぶんでした。

「何ぼ恩があったって、それとこれとは話が別じゃない。たいがいにしとかんと」

マユミちゃんはそう忠告したそうですが、良がそれを聞き入れるわけはありませんでした。

「俺は、欲得ずくで動けるような男じゃないんだよ」

なんて、肩をそびやかしていたそうです。こういうときになって、あいつの癖がまた出たんですな。

で、朝から晩までただ働き。わずかな貯金はたちまち底をついて、生活費をマユミちゃんや有子に借りるまでになっていた。格好つけようとして、いっそう格好悪くなっているんですが、そのあたりにまるで無自覚なのが、良という男なんでしょう。確かにぜんぜん欲得では動けていない。

良は会社の再起を信じて、社長の言うがままに自動車を走らせていたんです。そのうち、それまでは関東中心だった仕入れの取引先が、新潟とか鳥取とか、かなり遠方になって来ました。

新規開拓だよ、という社長の言葉を、良は疑わなかったんです。

そういって開拓したはずの業者と、二度と再び取引をすることがなくても、気にしませんでした。

しかし、実際の会社名とは違う社名を名乗らされたり、その名前で伝票を切らされたりしたときは、さすがにおかしいと考えはしたようです。

けれど、この会社の委託を受けて動いているんだ、という社長の説明で、良は自分を納得させてしまいました。

納品する先がバッタ屋や怪しげな倉庫だったりすること、日中、外から連絡しても会社に誰もいないことなども、良は深く気に留めていなかったんです。

「親分肌も、金ばなれがいいのも、ひとつ間違うとぜんぶ裏目に出ちゃうものなんだな」

良がそう言ったのは、自分の手首に手錠を嵌《は》められて、警察署に連行された後のことでした。つまり、今度も気付くのが遅過ぎたわけです。

社長は、資金繰りに困った挙句、取り込み詐欺を繰り返すようになっていたんですよ。むろん、そんな真似がいつまでも続くはずもありません。商品を騙《だま》し取られた仕入先の会社から訴えがあって、警察の手が入った。そして、無報酬で無欠勤の良が真っ先に捕まったんです。

取調官になにを訊かれても、良は知らなかったとしか答えませんでした。実際、あいつはなにも知らなかったんです。

けど、それが信用されなかったんですよ。詐欺商売に徹してからは、社長も気をつけていて、交渉はみんな電話を通して行なっていた。仕入先や卸し先に顔を見せていたのは良だけでした。鑑別所に入っていたことは前科にはならないそうですが、やっぱりそれもよけいな嫌疑をかけられる要因になったんじゃないでしょうか。あのときにやっていたことが、窃盗に盗品売買でしたからね。

今度のことにまったく関与していないことも、ましてやなにも気付かなかったなんてことも、まるきり信じてもらえなかったんです。

社長も専務も事務員のおばさんも、後になって挙げられました。そしてみんな、良が喋らないのをいいことに、口を拭ってあいつひとりのせいにした。で、裁判の結果、社長も専務も執行猶予、おばさんは不起訴。あいつだけが実刑を食らっちゃったんです。

弁護士は、また城戸先生に頼んだんです。それがまずかったのかもしれません。

「ちっとも頼りにならんじゃないの、ジジイ」

マユミちゃんがぶつぶつ文句を言っていました。やはり、格安なぶん、あんまり腕きというわけにはいかないみたいです。

そんな結果なのに控訴はしませんでした。良がしないと言い張ったんです。

「俺が関わったのは事実なんだから、罪は罪だろう。社長や専務がどうこういうのは、また違う問題だ」

それで、三年の実刑です。損得がないというより、好んで損ばかりしているんですから、酔狂にもほどがありますよ、あの「カサブランカ・ダンディ」は。

良の裁判がはじまる少し前でした。

有子が、良と結婚したいと言い出したんです。

言うまでもなく、あたしは反対しましたよ。大反対です。女房？　やつは有子の味方でした。マユミちゃんはどちらとも言わないんです。有子に申しわけないからって口ごもるばかりでしてね。でも、あたしの味方じゃなかったみたい。結婚しないでくれとは絶対に言わなかったもの。

良ですか。あいつも結婚はしたくないって言うんですよ。

「俺みたいな、くだらない男は忘れて、違うしあわせを探して欲しい」

ですって。これまでで最高の決め台詞《ぜりふ》でしたよ。あたしは感動しましたねえ。あのバカ、気障男《きざおとこ》の面目躍如だ。いいことを言ってくれるじゃないかってね。

けど、女たちには大不評でした。こんなときに、あのバカは、なにを格好つけてるんだというわけです。

ちっともわかっていないんだ。こんなときだからこそ格好をつけるんじゃないか。結婚して欲しい。駄目だ。籍を入れたい。別れてくれ。裁判の最中でしたから、拘置所にいる良と、そんなやりとりを重ねているうちに、有子が怒り出した。

「わかった。それなら別れてやる。あんたの帰りは絶対に待たない」

そういう娘なんですよ。短気なんです。あたしじゃない。女房に似ている。短気は損気だって、昔から言い聞かせているんですが、ちっとも直らない。

けどね、それで話が済んだわけじゃなかった。

有子は妊娠していたんです。そのことを、有子はそれまで誰にも言わなかったんですよ。

「子供ができたって理由で結婚を迫るのは厭だったから」

それで、敢《あ》えてそのことは、良には黙っていたんだというんです。わけがわからない。

「そういうのが女心なのよ」

女房には理解できたみたいですが、こっちは唖然《あぜん》、呆然《ぼうぜん》とするばかりでした。良だって、それを知ってさえいれば、結婚しないとは言わなかったと思うのに。

「で、どうする気なんだよ」

「産む」

有子は、すっかり意固地になっていました。

「良ちゃんに関係なく、わたしは勝手に産む」

そして、有子はその言葉通りにしたわけです。

そりゃ、あたしは怒りました。有子のそんな決断を、ぎりぎりまで認めちゃいませんでしたよ。昔はよかったと、ほとほと考えたりしてね。こんな場合は、勘当《かんどう》するということで、親父の威厳を示すことができたんだから。

けれど、親子の縁が切れないいんじゃ、あきらめるより仕方がない。それに、産んじゃった以上、抛っておくというわけにもいかない。

親子というだけじゃない。祖父と孫という関係が新たにできちゃったんだしね。

子供には、ちょっとした嘘をついてあります。お父さんは、海外でお仕事中。別荘暮らしのお約束ですがね。まだその説明に疑いを抱くほどの知恵はついちゃいませんから。

眼の形とか、良によく似てますよ。あいつが父親であることは間違いないですね。DNA鑑定は必要ありません。もう、見た瞬間にわかるくらい、あいつの子です。

将来が心配なくらいですよ。女の子ですからね。

有子は、良が服役している間、手紙も書かなきゃ面会にも行きませんでした。

良も気の毒にねえ。あいつだって、辛《つら》い時間を過ごしていたんですよ。これじゃ、せっかく出所したって、まっすぐ会いには来にくいでしょうよ。

だから、あいつは二年で仮出所になったのに、ここには顔を出しませんでした。出せなかったんです。

出て来てから、真面目に働いていることも、マユミちゃんを通して話を聞くばかりでした。

「母子を食わせられるほど稼げるようになったら、正々堂々と迎えに来るって、良は言うとるんよ」

なんて、相変わらず粋がっている。そんなことを言っていたら、あいつなんか一生、我が子に会えないんじゃないかと思うんですけど。

「まあ、良ちゃんの子供でもあるからね。会いに来るぶんには構わないけど」

有子もまだ突っ張っているんです。

「迎えになんか来る必要はないって言ってやってよ、おばさん」

一刻もはやく会いたいに決まっているのに、二人してやせ我慢をしているんです。ま、あいつらはいいんですよ。せいぜい意地を張り合ってりゃいいんだ。だけど、子供は違うんだから。

親子とか祖父母と孫とか、そういう関係をその子から取り上げる権利は、誰にだってないんです。そのことを、有子も良も、ちっともわかっちゃいないんだ。

けど、まともに諭したって、強情なやつらだ、聞く耳を持つわけがない。だから、あたしは一計を案じたんです。案じたっていったって、たまたま昼間、TVで流していた古い映画を観ていて思いついただけなんだけど。

「この前、良から電話がかかってきたぞ」

有子に言ってやったんです。真っ赤な嘘なんだけどね。

「店の前まで来たんだけど、どうしても中には入れなかったって」

「ふうん」

有子は平静を装っていましたがね。

「お前に許してもらえるとは思っていないけど、もし、一度だけでも会ってくれる気があるなら、店じまいの時間に『カサブランカ・ダンディ』をかけて欲しいって、あいつ、そう言っていた」

「なにそれ。まるで、高倉健の映画みたい」

いかにも軽蔑したように言っていた癖に、次の日には、有子はCDショップに駆け込んだ。そして、CDデッキを店に持ち込み出したんです。

そこで、あたしはマユミちゃんに連絡しました。有子は良に会いたがっている。とにかくそれだけは良に伝えてくれるようにって。

なのに、三ヵ月以上経っても、あいつはまだここに顔を出さないんです。そろそろ、あの曲を聴くの、あたしはうんざりして来ましたよ。

やめちまえ、あれは俺のついた嘘なんだ。あいつは来やしねえよって、咽喉《のど》まで出かかっているんだけどね。

いいや、あたしより、有子の方が先に痺れを切らすかもしれないね。今日にだって、待ちきれない、もうやめたって言い出すかもしれない。なにせ、あいつは短気な女なんだから。

まったく、いくつになっても、世話の焼けるガキどもだ。どうして親がここまでやつらの面倒をみなきゃならないんだろう。

バカバカしい話だけどね、本当に。

＊

高田さん。

たーかーだーさーん。

やっぱり寝てるね。起きて、もう、お帰りなさい。そろそろ、有子が下りて来て、うちの「蛍の光」、幸福《しあわせ》の黄色い歌をかける時間だ。いい加減に切り上げないと、奥さんが怒るよ。

何であの曲なのかって、だから、今、それを話していたじゃない。あんた、今日もぜんぜん、あたしの話を聞いていなかったね。

有子が来るまでここにいるって？　駄目駄目、あんたはいないでいいの。今日という今日は、それどころじゃないんだから。

いや、こっちの話ですよ。

足もと滑るから、気をつけて。おやすみなさい、高田さん。

もう、そろそろ朝だけどね。

奥のひと。

帽子、取りなさいよ。

わかってるんだよ。バレてるに決まっているだろう？

そんな、サングラスかけて、ぐるぐるマフラー巻いて顔を隠していたって。なっちゃいないんだよ、お前の変装なんざ。そりゃ、すぐにはわからなかったけどさ。何十年のつき合いだと思ってるんだよ。

気付かないわけがないじゃないか。気付いたから、あんな話をしたんだよ。

高田さん？　あのひとは、いつもうちに寝に来ているんだ。飲み過ぎて、まっすぐ家に帰りにくいときにね。こっちの話なんか、聞いちゃいないの。俺は、お前に聞かせるために話をしていたんだ。

帽子を脱ぎなよ。脱ぎたくない？　マユミちゃんからいろいろ聞いているんだから、大丈夫だっての。驚きやしないよ、いくらか薄くなっていたって。有子だって、苦労のせいか、けっこうババアになっちまったんだし。

……そんな、それほどの苦労はさせちゃいません。こうして親がついているんだから、気にするんじゃない。ただの言葉の綾《あや》だよ。

あとは、有子と二人で、きっちり話をしなさい。

有子の気持ち？　自分で訊けよ。俺の知ったことじゃねえや。

あれだけ意地を張っておきながら、毎晩毎晩、店じまいにお前の十八番《おはこ》を流しているんだ。あいつの気持ちくらい、それでわかりそうなもんじゃないか。

違うしあわせを見つけろなんて、お前、三年前にもそう言っていたけどさ。そんなものが、そこいらにごろごろ転がっているわけはないんだよ。マユミちゃんだって、さんざんそれで苦労してたの、お前も見て来ただろう？　有子だって、それくらいはじゅうぶんにわかっているんだ。あいつももう若くないんだから。

俺は反対じゃないのかって？

バカ、反対に決まってる。お前もあと十何年もすりゃ、厭でもわかることだよ。それが父親の本心ってもんだ。

そのときになって、お前は俺の思いを味わうんだ。

つまんねえんだぞ、父親なんて。ざまあみやがれ。


お前、腹減ってないか。なにも食わないでいいのかい？　まずいからここじゃ食わないって？　まだそれを言うか。まずかねえよ。昔ながらの東京風ラーメンてのは、こういう味なんだよ。あっさりしていて、変に凝らない。そこがいいんじゃねえか。

ちょっと外を見てくれよ。雨、もうやんだかい？　真っ暗で見えねえ？　当たり前だ。帽子はいいから、せめてサングラスは外せよ。

外したくない？　どうして？　お前が泣き虫なのは、昔から知ってる。今さら驚きやしないよ。

ほら、聞こえたろう？　今、有子が二階でドアを開けた。これから階段を下りて来るところだ。あいつ、お前の姿を見て、どんな面しやがるか。ちょっと見ものだな。

それから階上《うえ》へ行って、外国から帰って来た父ちゃんの顔を、生まれてはじめて我が子に見せるんだ。

ボギーみたいに、せいぜい格好つけろよ、良。

あとがき――『嫁の遺言』というおとぎ話

大人向けの「おとぎ話」を書きたかった。

そこには鬼も悪い魔法使いも登場しない。その代わり、救いがたく悲しい不和の連続がある。さまざまな思いを抱く人間たちがいる。

ありふれているようで、実際には起こりがたい「おとぎ話」が書きたかった。ひとひとがわかり合う、それだけのことが、現実にはどれほど難しいことか。

表題作『嫁の遺言』は、幽霊を題材にしている。

もともと怪談が好きだし、霊体験を聞くのも好きなのである。しかし、霊能力者の言葉だの、心霊番組の内容だのを信じているわけではない。幽霊はいるかもしれないが、幽霊を見たという人間の言葉は信じられない。懐疑主義者なのだ。その根拠はある。だって「アタシ霊感強いのよね」系のひとたちは、たいてい胡散《うさん》くさいではないか。

以前、同じ職場にいたカオリちゃんも、そうしたひとりだった。仕事中、いきなり奇声を上げて幽霊が見えた見えたと騒ぎ出すのである。

「カオリちゃんの話、本当ですかね」

わたしが首を傾《かし》げた時、傍《そば》にいた先輩は声をひそめて囁《ささや》いた。

「クスリ、クスリ」

……確かにまあ、カオリちゃんは、普段から異様にテンションの高い言動をする女ではあった。

見た、という言葉が単なる嘘ということもあるだろうし、本人の思い込みやら夢やら勘違いであったりすることもあるだろう。わたし自身にもそんな体験がある。

夜行バスに乗っていた折のこと、深夜を過ぎても眠れぬままぼんやりしていると、膝の上が急に重くなった気がした。それで視線を落としたら、自分の膝に、ちょんまげ頭の男の首が載っていたのである。

信じられますか。

わたしは信じられない。眠れないと思いつつ、頭の中は眠りに入っていて、眼を開けたまま夢を見てしまったのだと思う。然《しか》り、自分の眼など、もっとも信用ならない。なぜかって、前日どれだけ酒を飲んだのかを思い返せば、悲しいかなそういう結論に達せざるを得ないのである。

書き手がそんな懐疑主義者であるせいか、この物語の幽霊は、最後まではっきりとした実体は見せない。気配や声だけである。

しかし、大事な誰かを置いたまま、心ならずも逝《い》かなければならなかったひとたちが、たったひと言を伝える機会を得たならば、このようなささやかな形で語りかけてくれるに違いない。

少なくとも、筆者のわたしはそう信じている。

『いちばんめ』は、誰にでも訪れるカルピスの味（逆だ）、初恋の話である。

しかし、ここに筆者の経験はあまり生かされていない。実体験をもとにした箇所といえば、教科書に落書きをしていたとか、友人と裏ビデオ鑑賞会をしていたとか、甘酸っぱい思い出という言葉にはほど遠い情けない部分ばかり。当時つき合っていた相手に再会したいと考えたこともない。わたしの青春時代はただひたすら塩辛いものであったのだ。

よって、この物語が、塩の効いたカルピスになっていないことを、筆者としては祈るばかりである。

『あの人への年賀状』は、素っ気ない印刷のダイレクトメールの中に、暗号みたいなメッセージが隠れていたとしたら、という思いつきで書いた。筆者は探偵小説が好きなのである。

といっても、「西へ進むべし。一本松の下に財宝あり」などという、血沸き肉おどる展開を予想させるような暗号ではない（冒険小説も好きだが）。昨日も明日も変わらない日常を、淡々と生きているかに見える、ひとりのおばさんの小さな秘密を埋め込んだだけである。

ひとつの恋と、ひとつの仕事に生きる誇り。

自分が本当に欲しいもの、そのために手放さざるを得ないものを、つらい選択の末に知ることができた人間は、結局、誰よりも幸福になれるのだと思う。

――それがいかに他人の眼からは平凡でつまらない生き方に映っても。

『不覚悟な父より』は、駄目な父ちゃんの物語である。

しかし、世間にはもっと駄目な父ちゃんだって山ほどいるわけで、恥ずかしながら筆者の父親もそのひとりであった。じゃあ、お前の親父はどんなやつだったのかと訊かれた際には、端的にこう答えることにしている。

「暴れ借金王」

現在、父親とは音信不通となっている。要するに、筆者自身の親子関係はとうてい良好とはいえないのだ。『不覚悟な父より』で描いたような父娘の姿は、個人的な願望なのかもしれない。

娘が大人になって、家を出て、失敗を繰り返し、心が弱くなったとき、

「いつでも帰って来ていいよ」
と言ってくれる父ちゃん。どこかにいないものだろうか。

『あんた』の物語の舞台にしたのは、東京の下町・新富町《しんとみちょう》である。現在はだいぶ様変わりしてしまったが、昭和の末期はまだまだ作中に描いたような姿だったのだ。夏にはかき氷を出すおでん屋さんもあった。

登場する姉妹の関係は、友人のレイコちゃんとそのお姉さんの話からヒントを得た。お姉さんはあんまり料理が好きじゃなくて、後片付けも好まない。レイコちゃんが仕事から帰ると、台所のシンクにお姉さんが食べたカップラーメンの容器がそのまま、スープが残った状態で放置されている。

「ゴキブリもたかるし、だらしないじゃない。どうして棄《す》てないの？」

レイコちゃんが咎《とが》めると、お姉さんは冷静に言い返したそうだ。

「そう思うなら、どうしてあんたが棄てないのよ」

姉という存在は最強なのだと思い知らされた次第である。

『窓の中の日曜日』も、友人からヒントをもらった。作中に出て来る「きつねの窓」という童話のことは、友人が教えてくれたのである。

「お蔭《かげ》で短篇がひとつ書けたよ。ありがとう」

礼を言ったら、友人は晴れた五月の朝のようにさわやかな笑顔で答えた。

「原稿料、半分でいいからね」

(この友人の異名は、女番長である)


『おかえり、ボギー』は、筆者の体験に近い。

語り手の親父さんが経営しているラーメン屋は、暴れ借金王、じゃなくて父親の生家をモデルにしている。近所には地方出の女の子が大勢働いているグランドキャバレーがあった。万引きした品物を売って稼いでいた男の子は、兄の同級生だ。兄はその子から少年ジャンプを百円で買っていたのである。

ラーメン屋は今はない。地上げと立ち退き、バブルの時代を過ぎて、店があった路地ごと消えたのだ。兄やわたしが卒業した小学校も、生徒数の減少にともない廃校となった。

ビルに囲まれた小さな路地。せせこましく並んだ古い木造家屋、油がどろどろにこびりついた壁。猫の小便と酒の臭い。なにをして働いているのかわからない、昼間からうろうろしているおじさん。実のところ、いい思い出はあまりないのだが、今となればなぜか懐かしい街である。

わたしは、地上から消えた風景を、物語の中で取り戻そうとしたのかもしれない。

以上、七篇。どの物語も、ハッピーエンドとは呼べない。それだけの現実を背負っている。

しかし、主人公たちは、みな、昨日よりほんの少し、優しいひとになっている。そして、それ以上に幸福な「おとぎ話」の結末はないと、筆者は考えているのである。


（初出・『本』二〇一一年七月号より）

あとがき――『嫁の遺言』リターンズ

このたび、集英社文庫から装いを新たに『嫁の遺言』を刊行してもらうことになりました。

より多くの読み手の方に届く機会を与えていただいて、作者として感謝しかありません。

ありがとうございます。

これらの作品を書いたのは長篇《ちょうへん》『山姫抄』でデビューしてのちの一年間です。実は表題作の「嫁の遺言」のみデビュー前に書いていましたので、実質的な処女作はこちらなのかもしれません。

今回、久しぶりに読み返してみたら、うーん、時代を感じますね。主人公、野球場内で普通に煙草《たばこ》を喫《す》っている。ほかの作品でも、お店の中で喫煙しようとしています。現在ではもはや喫煙コーナーがないお店の方が多いんじゃないでしょうか。

世の中の常識やマナーって、かなりあっという間に変わっていくものなんだなあ、としみじみ実感させられました。

あと「嫁の遺言」を書いた時点では、阪神《はんしん》タイガースという球団、もうちょっと強かった気がしないこともありません。まあ、記憶の美化かもしれませんが……

「いちばんめ」は初恋物語です。作者が子供のころ、テレビでしばしばフランス映画やアメリカ映画の初体験ものが放映されていたなあ、と思い出したりもしつつ。よくよく考えてみれば、先ほど書いた「処女作」ってすごい言葉ですよね。昨今のさまざまな風潮からして、そのうちこの表現もなくなっていくのかもしれないなあ、と思います。

「あの人への年賀状」、執筆当時、名古屋に在住しておりました。その意味で、個人的になつかしい一篇です。名古屋では、しょうゆ味のたこ焼きに出会い、ハマっていました。なので、はっきりと書いてはいませんが、作品中の主人公と姉ちゃんが見かけるのはしょうゆ味のたこ焼きです。

「不覚悟な父より」では、大阪にしょっちゅう遊びに行っていたころの経験を生かしました。結果的に現地取材になったわけで、生きるうえで無駄なことはなにひとつないのですね。ちょくちょく取材に行きたい街です、大阪。

「あんた」でも、名古屋競馬場を描くため、張りきって現地へ赴きました。体当たり取材として、三レースほど馬券を買いましたが、ことごとく負けました。哲《てつ》さんもたぶん負けたでしょう。親しい人間同士でもわかり合うのは難しいのに、知らない馬の気持ちなどわかるはずがありません。

「窓の中の日曜日」、登場人物の会話中に出て来る街の奇人たち、実在のモデルがいます。みなさん、現在も健在でしょうか。心配です。

「おかえり、ボギー」、おわかりかと思いますが、作者が生まれて最初に好きになった歌手は沢田研二《さわだけんじ》です。そしてピンク・レディーの物真似《ものまね》をして踊っていました。好きな作詞家はもちろん阿久悠《あくゆう》です。

解説は、講談社文庫版でもお願いした、田口《たぐち》さんにまたお願いしました。単行本のときも、文庫化のときも、復刊の際もお世話になりました。『嫁の遺言』という作品をいちばん深く理解してくださっている方です。

『嫁の遺言』という本は、田口さんをはじめ、いろいろな方に支えられてきた、作者にとって、とても大事な作品集です。
この一冊が、読者のみなさんの心に届くよう、祈っています。
二〇二二年五月

加藤元

解説

田口幹人

『嫁の遺言』は、僕がこれまでの人生の中で、もっとも繰り返し読んだ短編集である。折に触れてまた読み返したいと思わせる本は少ない。この間、様々な環境の変化があった。僕は、胸を張って人様に自分の人生を語れるような人間ではなく、代々受け継いできた家業を僕の代で廃業させるなど、むしろ人前に出てよい人間ではない。すべてが詰んでどん底のあの時、金策のために知人宅や銀行で土下座した日々があるから今の僕があるのだ。その分、人間の弱さや、厳しさ冷たさを知っている。それ以上に、優しさと温かさも。

この間に僕の内外で起きた様々な出来事が、本書の味わいを深く濃くしてくれたということもあるが、街の片隅に暮らす、不器用でただ一途《いちず》に生きていくことしかできない七人の物語は、いつでも僕の伴走者のような存在だった。

本書をはじめて読んだのは二〇一一年だった。その年には、東北に生まれ、盛岡で暮らしていた僕の人生を大きく変えた出来事があった。東日本大震災だ。東日本各地で大きな揺れが続き、大津波や火災などにより、東北地方を中心に十二都道県で一万八千名を超える死者・行方不明者が発生した。当たり前に訪れるはずだった日常が一瞬で奪われた。まるで別世界のような光景が広がっていた。あの時の光景と抱いた絶望感は、今でもはっきりと覚えている。大きな余震が続く中、まさに三歩進んで二歩下がりながら、懸命に少しずつ日常を取り戻す作業をしていた。そんな日々の中で本書に出合った。

本書は、いずれもハッピーエンドと呼べる物語ではない。日常をベースとして語られる地味な物語だが、なぜか人の心を温めてくれる作品だった。登場人物はみな、大声で辛《つら》い境遇を訴えているわけではない。その境遇を拒んでいるわけでもないが、甘んじて受け入れているわけでもない。その境遇から抜け出そうと決意しさえすれば抜け出せるのだ。反面、絶対に譲れない想《おも》いを抱いて生きている。明るい未来を想像させてくれて、前に進む勇気を与えてくれる物語ではないが、伴走者のように優しく、そっと寄り添ってくれる大人のおとぎばなしのような物語なのだ。メルヘンチックとは真逆なおとぎばなしだが。

人間が、どうしようもない弱さに引き寄せられていく様を、負の感情を強調せず、むしろ微笑《ほほえ》ましく受け取らせてくれる。その優しさに触れるために、僕は何度も読みたくなるのだと思う。

ここからは、本書に収録されている七編の内容に触れていきたい。

「嫁の遺言」

ある朝、満員電車の中で死んだ妻の気配を感じた夫。そんな不思議な出来事が度々起こる。暗闇の中ではなく、真昼間《まっぴるま》の人混みの中で。生前から変わったところがあった嫁は、結婚して四年半後癌《がん》でこの世を去った。癌であることを妻には知らせなかったが、自身の病を察してか、わたしが死んだらどうする気や、と病床で女の意地を見せる妻。夫は愛する妻を亡くした悲しみや寂しさの塊を、妻の存在そのものとともに心の奥にしまい込む。幽霊として夫のもとにやってきた妻が伝えたかったものとは何だったのだろうか。

妻の存在（気配）を感じたその時から、妻の死と向き合い、止まっていた針を動かし、妻との日々を思い出として心にしまい、前を向こうとする夫。突然大切なものを失った悲しみは、想い続けるのも辛いが、忘れるのも寂しい。時を止めることでしか自分を誤魔化すことができないこともあるのだ。

「いちばんめ」

誰もがみな、大人になってからも引きずっている青い記憶を持っているのではないだろうか。一生に一度しかない一番目の恋。若さゆえに互いに我慢することができなかった、許すことができなかった日々。若さゆえにぶつかった、若さゆえに信じることができなかった想いが、時を経て交差する。

高校を卒業してからずっと引き出しにしまっていた彼との日々が蘇《よみがえ》る。幼馴染《おさななじみ》で親友の結婚式の二次会で、当時付き合っていた進藤大輝《しんどうたいき》と久々に再会する。進藤は、わたしが初めて付き合った男性だ。わたしは進藤のことが好きすぎて、先回りして余計なことを心配するようになっていった。進藤がわたしのことを想う以上に、わたしの方が進藤を好きという感情だけが先走る。その状況が哀《かな》しく、耐えられず自分から逃げ出したあの時。

時を経て再会した二人は、青い記憶を上書きし、ようやくそれぞれの道を歩き出す。


「あの人への年賀状」

久しぶりに母が営む理容室を訪れた僕。母が守り続けてきた理容室は近所の小学生と髪を切る必要もない年配の常連客しかいない。古くなった建物を二世帯住宅に改築する話が進んでいる。店を閉じ、駐車場を確保したい僕の妻と、頑《かたく》なに店を続けることにこだわる母。今日は、店を諦めてもらおうと話しに来たのだ。

母の店に対する執着はどこから生まれてくるのだろうか。結婚した嫁ぎ先の夫の両親が経営していた理容室でしかないはずなのに。

姉の告白が忘れていた（忘れようとしていた）、記憶を蘇らせる。母が背負ってきた歴史と毎年届く年賀状で僕が気づくこと。長い年月を経た先入観で母を一方向からしか見ようとしなかった大人になった僕が放つ一言の重さよ。

「不覚悟な父より」

今日もまたいきなり怒鳴りだしてしまうかもしれない。娘が結婚すると聞いて、落ち着けというのは無理である。お母ちゃんとはもう大分前に離婚した。いつも正しかったお母ちゃんの唯一の失敗は、お父ちゃんと結婚したことだ。結婚後も女の尻を追いかけるのを止められなかったアホなお父ちゃんと離婚したお母ちゃんは、今は、結婚することを告げる娘を待つこの喫茶店のマスターと再婚し、穏やかに暮らしているようだ。

そんなお父ちゃんが、年の離れた男と娘が結婚すると聞いて怒るのはお門違いであることは分かっている。娘とはずっと気が合った。それでお母ちゃんには怒られてばっかりだったけど、それでも良かった。お母ちゃんと娘が出て行った広い家に無理をしてでも住み続けているお父ちゃん。士道不覚悟やなぁ、と娘は言うかもしれないけど、ろくでなしのお父ちゃんが唯一そうありたいと願う気持ちよ。士道不覚悟だよ。

「あんた」

あんたが倒れて病院に運ばれたという連絡が入る。しかも名古屋の競馬場で。父から受け継いだおでん屋を営むわたし。事情を知る従業員の視線は冷たい。世間の想いを代弁するかのような視線。それでもわたしは、健康保険を払ってないあんたの治療費を払うために、あんたのもとへ向かう。

あんたは姉のヒモだった。ダメな男たちとあんたのもとを渡り歩くどうしようもない姉と、不倫していた、人のことを言える立場ではないわたし。一度、あんたに借金をしたことがあった。いろいろあってまだすべて返すことができていない。いや、返していないといった方がいいのか。今度こそあんたに返すものがある。わたしは心を決めて病院に向かう。吸い寄せられるようにして向かう先にあるのは、誰が見ても不幸な未来かもしれない。人間の二面性が作り出す街の持つ生きづらさとストーリーをリンクさせた深い物語だった。

「窓の中の日曜日」

ユカに会えるのは毎週日曜日だけ。しかも毎週必ず会えるわけではない。それでも、会えるかもしれないと考え、前日は酒の量を控える。また飲み過ぎたんだね、いくら仕事でも限度というものがあるんだから。またそんな風にユカに言われないように。

離婚して、ユカは夫と姑《しゅうとめ》のもとに引き取られた。たった一度の浮気が原因であったが、姑はそれを許さなかった。一度きりの過ち。仕方ないが、どうにも納得できないものがある。妻であることに対しては何とも言えないが、ユカの母としての務めは果たしてきたつもりでいる。わたしは本当に、ダメな母親だったのだろうか？

体調の悪いママの代わりに、店を切り盛りする、常連さんが集う土曜の夜。別れた夫が訪ねてきた。いつかこの時が来るだろうと覚悟をしていたが。

ユカに頼まれて買った一冊の絵本。決して取り戻せない風景が見える窓。その窓を作るためには桔梗《ききょう》の花の汁が必要だ。桔梗の花に込められたユカの想いに救われる一編だった。


「おかえり、ボギー」

繁盛してるわけでもないけど、経営が成り立たないほどでもない終夜営業のラーメン屋。その店じまいの曲は、ここ最近決まっている。カウンターで酔いつぶれた客に、その曲を流すようになった経緯を話す店主が伝えたかったメッセージとは。

マユミちゃんという店の常連さんがいる。その息子の良《りょう》と、店主の娘の有子《ゆうこ》は仲が良かった。優等生のまま大人になってしまった有子と、男気だけはあるけれど立ち回りが下手で損ばかりしている良。二人はまるできょうだいのように育っていった。

ある件をきっかけに、良と有子の関係にも変化が。人の良さに付け込まれ、罪を一人で背負わされた良と一緒になると言い出す有子。もちろん大反対されるが、良の「俺みたいな、くだらない男は忘れて、違うしあわせを探して欲しい」という一言で細い線がぷつりと切れる。

店じまいの曲は、そんな二人を繋《つな》ぐ曲であり、始まりの曲でもあった。なんだこのカッコ悪いカッコ良さは。

かつて、加藤元はこんな言葉を残している。

「自分が本当に欲しいもの、そのために手放さざるを得ないものを、つらい選択の末に知ることができた人間は、結局、誰よりも幸福になれるのだと思う。それがいかに他人の目からは平凡でつまらない生き方に映っても。」

本書に描かれている不器用ながらも一途に生きている人の営みから、まさにこの言葉の意味を感じてほしい。

（たぐち・みきと　元書店員）

本書は、二〇一三年四月、講談社文庫として刊行されました。

初出
嫁の遺言　「小説現代」二〇〇九年十月号
いちばんめ　「小説現代」二〇一〇年十月号
あの人への年賀状　「小説現代」二〇一〇年四月号
不覚悟な父より　「小説現代」二〇一〇年八月号
あんた　「小説現代」二〇一〇年二月号
窓の中の日曜日　「小説現代」二〇一〇年一月号
おかえり、ボギー　「小説現代」二〇一一年二月号

単行本　二〇一一年六月　講談社

本文デザイン／坂野公一（ｗｅｌｌｅ　ｄｅｓｉｇｎ）

加藤元の本

本日はどうされました？

E病院で入院患者の連続不審死が発生。疑いは一人の女性看護師に向けられるが……。集団社会に潜む人間の悪意を描く長編ミステリー。

加藤元の本

ごめん。

男女の甘酸っぱい〝ごめん〟や、猫目線のほっこりする〝ごめん〟など、たった三文字に込められた想いを描く連作短編集。

集英社文庫

集英社文庫

嫁《よめ》の遺言《ゆいごん》

2022年 7 月25日　第 1 刷　　定価はカバーに表示してあります。

著　者　加藤《かとう》　元《げん》

発行者　徳永　真

発行所　株式会社 集英社

東京都千代田区一ツ橋2-5-10　〒101-8050

電話　【編集部】03-3230-6095

【読者係】03-3230-6080

【販売部】03-3230-6393（書店専用）

印　刷　図書印刷株式会社

製　本　図書印刷株式会社

フォーマットデザイン　アリヤマデザインストア　　マークデザイン　居山浩二

ISBN978-4-08-744416-2 C0193